The End of "Zakka"
Teruoki Mishina

雑貨の終わり

三品輝起

新潮社

毎朝

ある晩冬の朝――疫病が街をすっぽりと覆ってしまう、ほんの少しまえ、ここへ店を移したときに内装をたのんだ職人たちがあまったベニヤでつくってくれた扉が、日毎に黴で黒ずんできているようすを確かめながら鍵をあけた。なかに入っても息が白い。見渡すかぎり不要不急の品ばかりが陳列された、いつもと変わらぬ光景。レジをすどおりして店の最奥にあるバックヤードにもぐりこむ。天井から吊るした布や棚で間仕切りされた、坑道のような倉庫の一隅には、知人からもらった曲木の椅子と子ども用の古い書棚があり、腰くらいまでの高さしかないその棚の天板を机がわりに、リュックからとりだした読みかけの本や付箋、ノートやペンなどをならべた。曇天のせいで部屋のはしまで光はとどかず、先日買ったばかりのLEDランタンのつまみをまわす。ゆっくりと熱のない火がともる。プログラムにしたがってちょろちょろとゆれつづける朱色の光源をしばらくながめたあと、ポットに水を汲んで湯を沸かす。

以前、私がいとなむ店の小さな帳場で、雑貨とはなにか、について考えていた時期がある。たかが雑貨なのに、と思われるかもしれないが、当時はやり場のない義憤にかられながら大まじめに言葉をつむいだ。開店してから十数年、身のまわりのあらゆる物がつぎつぎと雑貨に鞍がえし私の店へとなだれこんできた。専門店にあったはずの工芸品も本も服も古道具も植物もみな、雑貨になった。勢いは年を追うごとに増していき、いよいよじぶんがなにを売っているかよくわからなくなっていく。だからいざ、雑貨とはなにかを言葉でいいあらわそうとしたときには、同義語反復的な、あやふやなセンテンスでしかそれらをとらえることができなかった。

「先回りしてせこい答えを用意すれば、雑貨感覚によって人がとらえられる物すべて、ということになるだろう。人々が雑貨だと思えば雑貨。そう思うか思わないかを左右するのが、雑貨感覚である」拙著『すべての雑貨』（夏葉社）

そして、さまざまな物が雑貨の名のもとに流通し、消費されていくことを「雑貨化」と呼んで、その資本が運ぶ河のうねりに耳をすました。この河はどこを流れ、なんのためにあるのか。気づけば雑貨の領野ははるか遠くまで拡大し、古い雑貨界の地図は役立たなくなっていた。私は迷いこんだ霧深い原っぱで、足もとだけを見ながらさまよい、もはや自身が業界のどのあたりにいるのかも不明のまま、この濁流の行きつく先を想像した。目下を流れる、高貴な物から下賤な物まで、なにもかもをひとしく雑貨へと変えて飲みこんでしまう大河のなかで、どうすれば物の美醜や真贋の判断を手放さずにすむのだろう。いや、それはただ、じぶんだけは雑貨化していないかのようにふるまうための、高踏的な身ぶりにすぎないのだろうか——。

いまふりかえれば、あのころは過渡期だったのだと思う。店々をめぐり、そこが雑貨化した場所なのか、雑貨化しつつある場所なのか、雑貨化がほとんどなされていない場所なのかを観察することに大きな意義があると信じていた。いまはどうだろう。雑貨化はほとんど完遂され、物が雑貨じゃなかったころの世界を私はうまく思い出せない。商売人になってしまうまえのじぶんや、インターネットがなかったころの生活を想像できないのとおなじように。こうして物界と雑貨界の壁は失われていった。そしてすべての店は潜在的な雑貨屋となったのだ。あれほど大切にした怒りの感情さえ、どこかに置き忘れてきたみたいだった。

体が冷えてきたので、古い無印良品のセラミックファンヒーターの背と床のあいだに、木の小皿をかましてスイッチをいれる。悲しいかな、そうしないとファンと内壁がこすれあう音が止まらないのだった。座った右手に流し台があり、その横の棚にマグカップ、缶切り、カトラリー、香炉、石鹼、マッチ、花瓶などが、となりの木箱には茶筒、クッキー、湯たんぽ、タオル、珈琲挽き、リップクリーム、耳栓などが雑然とつめこまれていた。流しのへりには、扉を塗りかえるために買ってあった象牙色のペンキや、髭を剃り忘れたときのためのシェービングクリームも見える。なぜか父から移転祝いに送られてきたシャガールのリトグラフが蛇口のうえに立てかけられ、まわりの煤けた壁には思春期の子ども部屋よろしく、ライブのポスターやポストカードが無造作に貼られている。朝のひとときに必要な物が、ぜんぶ手にとどく範囲に配された暗い洞穴のなかで、私は机がわりの書棚の下から毛布を取りだしてひざにかけ、立ちあがることもなく、湯沸かし器からティーポットに湯を移した。そしてノートをひらく。いま、なにが書けるだろう。温度のないランタンの炎が、それらすべての雑貨を赤々と照らしている。

目次　雑貨の終わり

装画　平松麻
装幀　新潮社装幀室
撮影　広瀬達郎

雑貨の終わり

息を止めて

心臓から送りだされた血が、黒い穴から噴きこぼれる。酒井は震える手で、友人に空いてしまった小さな穴をふさいだ。音もなく血はあふれ生成色の開襟シャツをゆっくりと染めていく。さっきまでいた兵舎は燃え、遠くの格納庫がゆっくりとくずれ落ちた。滑走路の先の管制塔は硝煙にはばまれもう見えない。待避壕のまえで静かに耐える間宮の顔を見ていると、じぶんが少しでも目をはなしたら、その途端に死んでしまうんじゃないかという恐怖がとりつき動けなくなった。気づくと傷口から手をはなしていた。もう一度体に目をやったときには、酒井の手も間宮の服もべったりと血がこびりついていて、どこに穴があるのかわからない。敵機から放たれた弾は体をつらぬいたらしく、横たわる地面もおなじ色に染まっていった。「水」。間宮は苦しそうに目を動かし、そしてまた「水」とうめいた。酒井は通りかかった食堂のおばさんに「軍医を」と大声で伝えた。

一匹の油蟬が鳴きかけてすぐにやめ、あたりは静かになった。海風が煙を運んでいくと、飛行機乗りの習慣から空をあおいで天候を確かめる。まばゆい八月の青空に、敵機はもういない。酒井はぼうぜんと、早朝の飛行場で友を抱いているじぶんを空から眺めた。やがて兵舎の消火活動がはじまり、その人だかりからぬけでるかたちで軍医が走ってやってくる。間宮に低い声で話しかけ傷口に触れたあと、医者は首を横にふって「内臓が破裂していて、もう助からない」といった。「水をあげてください」。酒井は水筒からゆっくりと水を注ぐ。いったん間宮の口にたまり、一呼吸おいて、ごくりと音が鳴って水が喉を通りすぎていった。

間宮くんはおいしそうに水を飲んで、静かに息をひきとりました。戦争が終わり、酒井は友の遺族をたずねたときに最期のようすを泣きながらそう語った。その二年後、彼は間宮の妹と結婚することになる。あまり苦しまず最後はおいしい水を飲んで逝った、という柔弱な救いをふくんだ記憶だけを、念仏をとなえるようになんども反芻してきた。頭の奥にこびりついたほんとうの惨事には鍵をかけ、しっかりと口をつぐんだまま、その後の人生を生きた。

「死んでしもたそいつの目を指で閉じてやるとな、わしの目が覚めるんや。いまでもおじいちゃんは夢を見てるんよ。部隊で一番親しかった友だちが、抱きかかえた腕のなかで血がとまらへんくなってる夢がな、ずっとずっとくりかえすねん。そやし、あいつとおじいちゃんとなにがちごうたんやろう、っていまも考えさせられんねん。それぞれ逃げこんだ避難壕もな、一メートルほどしかはなれてへんかったのに、なんであいつは死んで、じぶんは生きてるんやろう、って。おかしいやろ？　六十年経っても忘れられへんなんて。でもほんまのことなんや。あの日のことは一度も忘れられんねん」

京都の洛北にあった祖父の家に泊まりに行ったのは、私が思いつきで雑貨屋を開店して二か月ほどしか経たぬ秋口であった。風呂からあがると、橙色の常夜灯だけがともる仏間のふとんのうえで、祖父があぐらをかいて待っていた。頭も肩も尻も肉厚でずんぐりしていて、暗がりで見ると『地獄の黙示録』のカーツ大佐のようで、大きな手の指を一本二本と折りながら「もうできてだいぶたったんとちゃうか。店、土産もん屋さんやんな」とたずねた。いやそうやなくて、と雑貨屋という業態について説明しようと試みたが、話せば話すほど祖父は苦いものを口にふくんだような表情のまま固まっていき、「それを、土産もん屋さんというんとちがうんか」と口をひらいた。そのころまだ「雑貨化」などという言葉をもたなかった私は、あらゆる物を雑貨としてとらえ、セレクトし、観光地でもなんでもない都会の片隅にならべ、そこを通りがかっただれかにむけて売る、といった砂上の楼閣のような小商いの意義を祖父に伝えられなかった。「昔からそんなんやりたかったん？　まあ、お父さんもいろんな商売やってはるしな」と優しくいった。「いや、なんとなく。これならできそうやって、思っただけやけん」

床の間のとなりの違い棚のうえに仏頭があった。幼いころから変わらずおいてある、ウェービーな髪をなでつけ鼻筋がとおった奇妙な釈迦。うっすらとほこりがつもった彫りの深い顔の下から細い鉄の棒がのびていて、大理石の台座とくっついている。

「これ、ずっとここにあるね」

「そやで。わしが仏彫るきっかけになったガンダーラの仏頭や。むかし古道具屋で見つけてな。首から下は、のちに侵入したイスラームのひとが破壊したんかもしれへんわ。目が細くて、パンチパーマの大仏とはまったくちゃうやろ。美男や。これが仏像の起源なんやて。それまでひとは釈迦の姿かたちをかってに彫ったらあかん、って思ってはった」

「もうそれまえも聞いたわ。よう知っとるけん」

二世紀ごろにアフガニスタンやパキスタンのあたりでつくられた青黒い石彫にはヘレニズムの色濃い影響があり、角ばった目鼻立ちはまさにギリシャ彫刻のようだった。祖父いわく仏教美術のはじまりにはギリシャ文明のみならずヘブライズムの影響があるらしい。その自説はかならず芸術を介したさまざまな世界宗教の蘊蓄へとそれていき、最後は「わしは信仰で仏を彫ってたわけやない」というせりふにたどりついた。祖父は釈迦の教えより仏像のもつ美の細部に、大乗仏教よりも人類が多様な神々を信じてきた歴史に興味があった。書斎にはあらゆる宗教と古代美術に関する本があり、とりわけ井筒俊彦のイスラーム研究の著作がたくさんあったのをおぼえている。なぜか京都大学にかかわった学者をひいきにする傾向があって、会うたびに「このひとはむかし京大で教えてはって」などと説明しながら、ほんとうにいろんな本をくれた。きっと祖父の身のまわりで、そういった抽象的なものごとに関心をもつ者は、私くらいしかいなかったのだと思う。

残された祖父の手記には、一九八一年十一月のページに「木彫りを習いはじめて三年」という記述がでてくる。ということは祖父が彫刻刀をにぎったのは七八年、五十代のなかばのころだ。そのときの祖父は某大手酒造メーカー傘下で、業務用の酒類の卸しなどをてがける会社を経営していて、おそらく多忙な仕事の合間をぬって市内の仏師のもとにかよい、少しずつすこしずつ学んでいったのであろう。かんじんなガンダーラの仏頭といつ出会ったかは記されていない。シャープペンシルか、先の尖ったHの鉛筆で書いたような細くて几帳面な字をたどる。八〇年六月、アメリカのウィズ家へ、八一年十二月にはハンター・セツ子氏へそれぞれ観音像を送った、とある。仕事で海外との取引もあったので祖父は外国人とのつきあいも多く、小学校のころ、夏休みに洛北の家に行くと、庭で背の高い中国人に鹿威《ししおど》しの説明をしているのを見たことがあった。そんな仏像彫りも、学びはじめて十年と少しがすぎたころに突如、終わりをむかえた。心筋梗塞でたおれ、後日、病院で検査したときにはすでに心臓の半分が壊死していた。一命をとりとめたあと、医者は息を止めて力む行為をけっして許さなかった。

その夜の仏間の記憶がありありとひっぱりだされたのは、数年後の夏休みに訪れた、ロンドン郊外のフロイト博物館であった。当時、私の店は開店から三年が過ぎ、深刻ないきづまりをむかえていた。伝統を守ったり、アイロニカルだったり、地球にやさしかったり、高尚だったり、かわいかったり、便利だったり……あらゆる使命をおびて店におしよせる雑貨の奔流のなかで憔悴しきっていた。いま思えば身勝手な観測でしかないが、数年まえまでは、そんな奇態な雑貨業界のゲームに片足だけつっこんで対価をえつつ、もう片方の足でどうにかすれば心は自由でいられる気がしていた。しかし自意識だけがでかくて、就職もろくにできないような人間がはじめた自営において、仕事とプライベートの区別などつけられるわけがなかった。

気がおかしくなるまえに雑貨とはなにかをつきとめなければならない。ときどき店がうまくいって心に余裕ができると、そそくさと高い場所にのぼって雑貨世界を俯瞰しては、地図に情報を書き足していった。じぶんのことは棚にあげて、その丘から分けへだてなくさまざまな階層のひとびとが、自身の理想のライフスタイルと現実のあいだの差分を埋めあわせるかのように雑貨を買いつづけるようすを見下ろしていた。しかしあるときから、そんな国は日本だけなんじゃないかという疑念がふくらんでいき、物だらけの店で座っていることも、雑貨感覚で売り買いされる物で満ちみちた街を歩くことも、安いアートピースや動物の置物なんかをちまちまならべた自室で過ごすことも、そして雑貨について考えることさえも苦しくなっていった。小麦アレルギーになってしまったパン屋のように、雑貨屋をやりながら、あらゆる物が雑貨として存在している現実に耐えられなくなった。そして私は長い夏休みをとって海の外へでた。

理性は無意識に支配されているのかもしれない、という不穏なフロイトの著作は一九三三年、ナチス党がドイツで政権を奪取するとすぐに発禁となり、ドイツのほうぼうの街で本が焼かれた。彼の長い人生には、娘の死が、孫の死が、姪の自殺が、藪医者による数十回にわたる顎の手術の失敗が、さまざまな友人知人との決別があった。一九三八年、祖国オーストリアはヒトラーによる領土拡大の最初のえじきとなり、八十二歳の彼は老体に鞭打ってドーバー海峡を渡った。新しい住まいでも、すぐに診療所をつくると患者の分析治療を再開し、その翌年、遺書ともいうべき『モーセと一神教』を書きあげる。だがすでに末期をむかえた口腔がんは堪えがたい苦痛をフロイトにあたえつづけ、第二次大戦の幕が開いた九月、主治医に多量のモルヒネの投与を頼んで死んだ。その終の住処に私は立っていた。

一階の診療室には、革装の本がぎっしりつまった書棚が左の壁一面にあり、有名なペルシャ絨毯にくるまれた寝椅子が右手においてある。その奥の白い棚には、いっさいの神を信じることなく生涯集めつづけた古代の神々の小さなオブジェにまじり、仏頭があった。石の色はちがって白かったけど、あれはガンダーラの鼻筋だとすぐにわかった。この煉瓦づくりの屋敷に入ってからずっと、綿や羊毛にうっすらほこりと黴がまじったような、なつかしい香りが漂っている。

二階にあがると肩幅より広い巨大なノートが置いてあり、あなたの夢をしるしなさい、と娘なのか孫なのかさだかではなかったが、アンナ・フロイトによる指示書きがあって、はっとした。というのは、ロンドンに着いてから毎晩、奇妙な夢に悩まされつづけていたからだった。世界中からフロイト詣でにやってきた者たちが、いろいろな言語で昨夜見た夢を残していて、私もそれにならった。

「私は古い日本家屋のふとんのうえに座っていました。夕闇が冷たい夜気のなかに溶けていき、障子が開け放たれた縁側のむこうに、群青色に沈んだ森の影が見えました。ぼんやりと青く光る部屋の間取りから、おそらくここは岐阜の曾祖父の家だとわかりました。私は一度しか訪れたことはありません。ただ、あるはずのないシーリングファンがゆっくりまわっていました。サマーハウスにあるようなやつです。なぜか上京してから知り合った数人の男女が、暗い廊下からひとりずつでてきて私と挨拶をかわしました。おお、ひさしぶり。元気ですか。みな一様ににこやかで優しく、ひさびさに胸の奥底がゆるんでいるのがわかりました。こんな時間がずっとつづけばいいのに、などと考えながら相槌をうっていたのですが、ちょっとずつ、この夢の登場人物たちと私は、現実の世界においてすでに縁が切れていることを思い出していきました。そのときは変だと感じませんでしたが、山奥の家にいるはずなのに大きな船の汽笛がひびき、それが消えるのと入れかわりに、瀬戸内の海のような穏やかな潮騒が聞こえてきました。ホテルの隣室から漏れる、鼾《いびき》だったのかもしれません。いつしか知人たちの気配も消えてなくなっていました。すると、彼らは私と疎遠になって去っていったのではないことに気がつきました。そうじゃない。そうではなくて、みんな遠いむかしに死んでしまったひとたちなのだ、と頭に浮かんだ瞬間、私は目をさましました。胸が激しく拍動していて、ベッドからしばらく動けませんでした。ブラインドカーテンのむこう側で、弱い雨が降っています。その理不尽な想念はいつまでも頭のなかに居残り、ホテルのラウンジで朝食をとりながらも、ひとりの人間の記憶のなかで、もう会わなくなったひとたちと不帰の客のあいだに、いったいなにが横たわっているのだろう、などとつらつら考えていました。日本の旅行者より」

中学生レベルの英語で今朝の夢を書きつけているとき突然、この建物に漂うなつかしさの原因がわかった。祖父母の家とまったくおなじ匂いだったのだ。

フロイト研究の第一人者、ピーター・ゲイの著作名にもあるように「神なきユダヤ人」として精神分析を打ち立てたフロイトは、あらゆるものとの戦いを恐れなかった。エスや超自我の発明により人間の理性を葬り、完全な無神論者として神々を否定した。案内板には、ファシズムに対してさえフロイトは超然としてひるまなかった、と書いてある。入口にもどり、ミュージアムショップをのぞく。すると、その小部屋では不屈のフロイト博士がさまざまな雑貨に分裂し、死後の生を謳歌していた。アメリカから診療をもとめて押しよせた金持ちたちをあれほど毛嫌いした男が、人形となり、文具となり、カードゲームとなり、腕時計やエコバッグやマグネットとなっていた。彼の愛したペルシャ絨毯さえもミニチュア化してコースターとして売られている。死んで七十年がたち完膚なきまでに雑貨化された世界を、彼ならどう分析するだろう。たとえば心の内側からつきうごかされる蒐集癖であればフェティシズムとして説明できたかもしれないけれど、からだの外側にある、目に見えぬ資本の大河に流されて雑貨を買いもとめるわれわれを、どう論じただろう。もしかするとそれはフロイト自身ではなく、彼のとなえたエディプス・コンプレックスを批判し、あるいは死の欲動という概念を拡大解釈して資本主義を分析した、のちの思想家たちの言葉で考えるべきかもしれない。

もちろん私もいそいそと売店で買い漁った。会計のおりに店員は、両手いっぱいに物品をかかえた東洋人を見て首を左右にふりながら、「アー・ユー・サイコロジスト?」と苦笑した。いったいこのミュージアムショップでいくら金をつかったのか。じぶんの土産物以外に、フロイトの肖像写真が転写されたマグカップを山ほど仕入れた。けがらわしいものを見るような目つきで、コップをもつ者を睨んでいる。私の店で「フロイディアンであることを公言している音楽家に手渡すつもりです」といってマグカップを買った奇特な編集者がいた。フロイディアン？　フロイトの精神分析を予見的なメディア論として、アクチュアルに読み替える作業は現在もすすんでいるようだが、世間一般ではやはりもう、ある種の文学としてしか見なされなくなった。彼のテクストはいまでも、世界中の芸術家たちの想像力を刺激しつづけているのだろうか。私をふくめ、売店で本などだれも買っていなかった。

いつもの祖父ならとっくに寝ている時間だったが、その夜はふとんのうえで自作の木彫をならべていた。その教えよりも仏像の細部にやどる美をもとめた祖父の作品に如来はほとんどなく、かわりに横笛をふいたり雲にのったり獅子にまたがったりした愉快な菩薩が多かった。いくつかある大作もぜんぶ観音菩薩で、「やっと、今度これを知覧の特攻基地におさめんねん」と、狐のような手のかたちで蓮華の花をもった観音を見せてくれる。どの仏も祖父そっくりの骨太体型で、ずんぐりしていた。首も足も短く、丸顔。なぜ犬と飼い主が似てくるのかはわからないが、仏像と作者が似るのはとうぜんのような気もする。一体だけ飛行機乗りの格好をした彫像があった。現実の祖父と、祖父が彫った仏のちょうど中間にあるような顔つきをしていて、もしかしたら最初につくった作品なのかもしれない。ヘルメットにゴーグル、落下傘のベルトをしめて短刀をにぎりしめた十九歳の祖父。三十センチほどの像を手にもつと、火星隊、陸軍航空部隊、見習い士官、特別攻撃隊、第三一三隊……つぎつぎと堰き止められていた過去があふれ、しだいに話の脈絡は戦中の霧のなかで放散していった。うなずくことをやめても、祖父は壊れたロボットのように話しつづけ、私はただ、じぶんの商いのことをぼんやり考えていた。

「死んだら好きなんあげるわ」という声ではっとわれにかえった。私は迷うことなく祖父とおぼしき木彫を指さす。

「これがいいんか。仏やなくて」

「仏、飾るとこないけん」

「そやな、仏なんかええんよ。おじいちゃんは忘れられへんから彫ってきただけやから。こうやって木をな、息止めて」。大きな手で見えない彫刻刀をふとんに突き刺した。

「なにを忘れられんの？」

作品を箱にしまいはじめた祖父が、うつむいてできた暗い影のなかで動かなくなった。長い沈黙があり、海風がふいた。あの朝の飛行場を硝煙が北に流れていった。

ふたりの村上

村上春樹氏の書斎がじつにかわいく雑貨的であることを知ったのは、ニューヨークにあるペンギン・ランダムハウス社がホームページ上につくった彼の紹介ページをたまたま開いたときのことである。いつも執筆している仕事部屋の写真が公開されていて、その部分ぶぶんをクリックするといろんな雑貨の細部を覗くことができた。かつては新潮社によるウェブ企画「村上さんのところ」でも、おなじころに撮ったとおぼしきデスクまわりの画像がアップされていたように記憶しているが、書籍化したときに、これらの写真はぜんぶきれいに省かれていた。近年だと『カーサ・ブルータス』(マガジンハウス)の特別編集された「ア・ルーム・ウィズ・サウンド」というムックでも自室のオーディオ類を披露していたものの、そのスペックに関する説明がなされていただけで、雑貨についてはふれられていない。

ペンギン・ランダムハウスのホームページではじつに雑多な物たちがきれいに整頓されていた。一万枚のレコード・コレクションが壁一面にあるにもかかわらず、ここまで嫌味なくまとめるのはなかなかむずかしい作業だと思う。棚や机の要所要所に、海外の旅先で買いもとめたとぼけた置物がちょこちょことリズミカルに飾られている。その雑貨のあつかいかたが、これ見よがしな大人の趣味をうまく解毒することに成功しているのかもしれない。ともかく彼は、雑貨屋のひとつやふたつを余裕で切り盛りできるくらいの、かなり高度な雑貨感覚の持ち主であることがうかがい知れる。

まずマックが鎮座する机のうえに、ムーミンの漫画が描かれたマウスパッド、赤地に白十字のスイス国旗が印刷されたマグカップ、アルフレッド・A・クノップ社の犬のマークの文鎮などが見える。マイルス・デイヴィスの『リラクシン』と『クッキン』のジャケットの絵が描かれたグラスに、アメリカの量販店で買ったらしい三十本以上の鉛筆が立っている。どれも几帳面にぴんと削られた状態だ。短くなったやつは『リラクシン』、まだ長いやつは『クッキン』。机の右奥には唐突にヤクルトスワローズのピッチャーである小川泰弘の首ふり人形がいて、そのとなりに南瓜を抱いたかわいいお化けの筆立てが写りこんでいる。このあたりの気のぬけた雑貨のはさみかたは、作家のゆるく巧妙なエッセイの語り口とつうじていて、部屋の間口を大衆にむけて押し広げることに貢献しているはずだ。

デスク中央に置かれたライトスタンドのまわりに目を移すと、とりわけ個性的な物が集まっている。北欧で買った雀蜂がくっついた大理石の彫刻、ラオスの木でできた呪術的な足のオブジェ、丸いふたつの石が入った落花生型の蓋物——それらは私の護符なのです、と英語の説明文がついている。ここには、とくに宗教的な趣旨をもってつくられたわけではない小さな置物を、手に入れた者の想像力でお守りに見立てて愛玩するという、雑貨愛好家にとって、ひとつの理想的な関係があるように思う。雑貨を個人的なルールだけにしたがって偏愛することは、消費される宿命を背負った物にとって、なけなしの救いとなるはずだから。こういった物とのつきあいかたは、コーヒー豆を挽いたり、ヴァイナルをターンテーブルにのせたりする彼の日常を彩る儀礼性ともつながっているだろう。そこで大切になるのは、儀式をじぶんの意志で、じぶんだけのやりかたで、ひとしれずやらなくてはならないということだ。呪術的な物はむやみやたらにシェアしてはいけない。たとえばSNSという集合意識に囲われて、あるかないかもわからない他人の視線をつねに意識しながら生きる、という仮想の快楽を一度でもおぼえてしまうと、かけがえのないフェティッシュはだれかの欲望とともにゆれはじめ、まじりあい、いずれたんなる消費財へと堕してしまうだろうから。

机の正面の大きな窓からは、青々とした美しい山なみが見える。その壁ぎわに茶色いタンノイのスピーカーが左右に置かれていて、それぞれのうえに羽のはえた一対の陶製の猫が座っている。どうやらロンドンの骨董市で出会った物らしく、この部屋にある雑貨の主役といってもいい逸品かもしれない。となりには鼠や白熊の置物も写りこんでいた。壁いっぱいにそなえつけられたレコード棚の反対側にある、こちらもまたレコードを収納した箪笥のうえに、ジョニー・ウォーカーの人形や鴨のデコイのブックエンドなどがのっている。他の資料をつきあわせて探していくと、まだまだかわいい雑貨がでてくるのだが、そろそろ終わりにしよう。彼に高度な雑貨感覚がそなわっていることはじゅうぶん伝わったはずだから。いままでインタビューもあまり受けず、プライベートをエッセイ以外ではほとんど明かすことのなかった作家が、ここ最近、立てつづけにメディアに自室を公開しはじめたことには、なにかしらの心境の変化があるのだろうか。

十月末日、朝起きると、昨晩吹いた風は木枯らし一号でした、と老齢のニュース・キャスターが話している。先ごろ、知人からごっそりともらった『アルネ』（イオグラフィック）という小冊子をリュックにつめる。私が店を開く三年まえの二〇〇二年から二〇〇九年まで発行されていた同誌は、まるで付録のような判型と厚み、背のない簡易な造本、普及しはじめたばかりのデジカメのスナップショット、幼子みたいな手書き文字、ひらがなの多いやさしい文章、赤と白と黒を基調としたかわいい誌面づくり……といった、かつての『暮しの手帖』の切実さをすっかり漂白したような、まさに雑貨的な雑誌であった。企画、編集、イラスト、写真撮影、取材、すべてをイラストレーターの大橋歩氏が手がけていて、暮らし系のリトルプレスの嚆矢と称されるゆえんでもある。

急に冷えこんだせいか、お客はほとんどこない。うす暗い店内で『アルネ』の山からてきとうに一冊をつかんだ。その秋はじめてのヒーターをつけながら、ぱらぱらめくっていると手がとまる。なんのまえぶれもなく、村上春樹氏の自宅写真が十ページにわたって掲載されていたからだった。その画像の数は五十枚以上。表紙のどこにも村上春樹という文字はなかった。発行は二〇〇四年十二月で、同誌の十号めにあたる。「山の上に村上さんのおうちはありました」というキャプションのついた小さな外観写真からはじまり、一階の居間、食堂、台所、奥さまの仕事部屋、二階の書庫、仕事部屋、自転車の置いてある玄関先、地下の収納部屋へとつづく。世のハルキストに聞いてみないとわからないが、ここまで家の全貌を公開したのは最初で最後ではないだろうか。

大橋氏と春樹氏の交友は、雑誌『アンアン』(マガジンハウス)で連載された

「村上ラヂオ」というコーナーで挿絵をてがけたことがきっかけのようだ。その後、単行本化された際に、さらに描きたして計百種類の銅版画を刷り、そのうちの何枚かを額にいれてプレゼントしたのだという。ちなみに大橋氏が世に知られるきっかけとなったのは『平凡パンチ』の表紙絵の仕事で、この『平凡パンチ』を出版した会社はその後、マガジンハウスと名前を変える。高校生だった春樹氏も毎週買って読んでいたらしい。八〇年代のなかばには『ブルータス』や『ポパイ』といった雑誌に人気の座をうばわれていき休刊するが、大橋氏とマガジンハウスはつねに親密なつきあいをたもってきた。そして同社と雑貨の歴史には切っても切りはなせない蜜月関係があり、その事実と、村上春樹という鋭い雑貨感覚をもつ国民的な作家が、『ポパイ』でTシャツのコラムを書いていたり、特別編集された『カーサ・ブルータス』でオーディオ一式をおしげもなく披露したりすることは無関係ではないだろう。

以前、美術家の村上隆氏が、雑貨についてつづった私のエッセイを読んでこんな仮説をとなえた。SNS上に記されたラフな短文を私なりに補足してまとめると、それはまず、インターネットがひとびとの生活に入りこんでいき激変する商いのなかで、みずからの憂鬱をかみしめる著者の筆致が村上春樹氏の初期作品の主人公とつうじているという雑感からはじまる。おそらく隆氏は、バブル崩壊後の日本の工芸史をどのように現代美術の世界に位置づけるか、ということに強い関心をもっており、一九七四年に二十五歳の春樹氏がジャズ喫茶「ピーターキャット」をひらき、また現代陶芸を語るうえで欠かすことのできない立役者、桃居《とうきょ》の広瀬一郎氏も八二年に青山でバーをはじめたことに注目する。ちなみにふたりはほぼ同世代だ。つぎに彼らより十歳ほど若い生活工芸系の作家たちの美学にジャズが深い影響をあたえてきたことを指摘しながら、その山すそにあらわれた、さらに下の世代の器屋、骨董屋、そして私のような雑貨屋などまでもふくめた店主たちをつらぬく、洒脱な都市生活者たちの系譜というものを幻視する。彼らはみなジャズや村上春樹といった記号で語りうるような、おなじ種族の人間であり、この三十年以上つづいた円環はいま閉じつつあるのではないか、という結語で終わる。創作において、お洒落である、という薄弱な身ぶりに堕することをつねに警戒し、一定の距離をたもってきた現代美術家による、愛憎をともなった手荒なカテゴライズともいえるかもしれないが、私自身は身につまされるものがあった。そしてこの理路を、ずいぶんむかしに途中まで歩いたことがある気がした。雑貨店をはじめるちょうど一年半まえ、冬構えがはじまったばかりの軽井沢の山小屋に私はいた。

「ケーズ・バー」という名前のバーがあらゆる場所に存在することに大鶴さんが気づいたのは、秩父で店をはじめて十年くらいたってからだった。バーといってももともとは夜中までやっているジャズ喫茶で、その後はただのジャズのかかる喫茶店となり、世紀をまたぐ直前に店をたたんで妻の地元である軽井沢に移り住んだ。インタビューの最後に、ジャズ喫茶とジャズのかかる喫茶店ってなにかちがうんですかと私は聞いたが、「だれのせいでもないんだけどね、世のなかだいぶ変わっちゃって……」といったきり口ごもってしまった。スピーカーのまえでカップ片手に目をとじて黙考するような輩が山ほどいた時代は終わり、そうじゃない客層に開かれざるをえなかったということなのだろうか。

残された写真を見せてもらうと、信楽の壺の横にパリの街角を描いた油彩画があり、そのとなりに小さなトーテムポールと漢詩の掛け軸が、そのうえにアルバート・アイラーのレコードが飾られている。なぜここにこんな物が置いてあるのか、という理由がない、あるいは理由はかつてあったのかもしれないけれど、本人もまわりのひとも思い出せない自生的な空間。珈琲ミルやレコード盤の手入れをしたり、テーブルを整えたり落ち葉を掃いたり、日々の雑事に気をとられながら買った物やもらった物を空いているスペースにてきとうにならべていったのだろう。それが何十年とつみかさなり、いつしか物の来歴は忘れ去られていく。このデザインというものを介さない、無意識のディスプレイ術に秀抜な秩序がやどっているのはなぜなのか。世のミニマリストたちの、物がほとんどない部屋をめざす凡庸な理性とくらべると、まるで精巧な蟻の巣のような神聖さすら感じる。写真のはしのほうで、カウンターのなかに立つ若い大鶴さんが笑っている。目つきも、頬のこけかたも、髭のはやしかたも、みなみらんぼうにそっくりだ。数年まえに亡くなった奥さんが、彼のとなりでうつむきながらコップかなにかをふいている。

当時、私とおなじ出身地で、上京して経営者になったひとに話を聞いて記事にまとめる、という仕事をしていたのだが、二年が過ぎ、五十人くらいを超えたあたりから条件にあうひとがぱたりと見つからなくなった。そのころのインターネット網は穴だらけで、同郷の人間を探すのも一苦労、そこから経営者という種族を探しだし、さらに連絡先までつきとめるというのは至難のわざであった。編集部に相談すると「もう社長じゃなくてええよ。ほら教授とか、芸術家とかならおるでしょう。文化人っていうんかいね。え、それもむずかしい？　こまったな……ほしたら、東京じゃなくて首都圏でもええけん。もう個人事業主でええわ。あと農家でも漁師でも。とりあえず記事を書いてください」といってつきかえされた。というわけでインタビュアーをやっていた最後の半年間の私は、中小企業の社長たちとはまたちがった、特殊なひとたちの苦渋に満ちた人生を拾い集めては食いつないだのだった。

いろんなひとに出会った。売れないオペラ歌手、ケン・ウィルバーといういささかスピリチュアルな思想家を信奉する探偵、いまでも私の店でお世話になっている陶芸家の親子、インドのダウリー殺人を研究する学者……。大鶴さんもそのひとりだった。彼を紹介してくれたのは、ドストエフスキーの『地下室の手記』をもじった『地下室の趣味』という自著がある風変わりな社長であった。彼は地下室専門の施工業をしており、主力商品はなんとスイス製の核シェルターで、「すでに世田谷の住宅で数多くご利用いただいています。もちろん値はりますよ。でも、あなたもつくっておくとぜったい安心です。地震がおきようが、ミサイルが飛んでこようが、食料さえもちこんでおけば清浄化された空気のなかで一年間籠城できますので」といった話をえんえん聞かされた。長いインタビューを終えたあとに、取材先がなくてこまっていることをあかすと、高校の同級生で、むかし埼玉でジャズ喫茶を経営していて、いまは長野でレコード屋をやってる男がいるから、と連絡先を教えてもらった。「そいつの防音室は、わたくしがつくりました。密室といっても、まあ核シェルターにくらべたらおもちゃみたいなもんですな」といってがはがはと笑った。ところが実際の大鶴さんはレコード屋などやっていなかった。ただ長年買い集めたレコードを、お金にこまるとネットにアップしては細々と売って余生を過ごしていただけであり、彼の孤独な暮らしむきはどこか、じぶんの未来を暗示しているようでみょうに寂しかった。

ジャズ喫茶がもっとも盛り上がった時期は、まだ輸入のレコードがきわめて高価だった時代、つまり六〇年代から七〇年代のなかばまでであり、七八年に店をはじめた大鶴さんは後発の部類に入るのかもしれない。大鶴さんのいうことが正しければ、ケーズ・バーという名前の店はその後、全国に山ほどできるわけだが、多くはマスターの名前の頭文字にKがつくパターンだったらしい。一方、彼の場合はウィントン・ケリー、菊地雅章、スティーヴ・キューン……といったKのつくジャズ・ピアニストが好きだったから、という理由なのだが、帰りぎわ「一番好きなピアニストは？」と質問をすると、なんの迷いもなく「アンドリュー・ヒル」と即答していたのでほんとうのところはわからない。奥さんか、だれかのイニシャルかもしれない。インタビューをさせてもらった彼の山荘でも、エリック・ドルフィーが参加した『ポイント・オブ・ディパーチャー』のレコードをかけてくれた。つんのめった知的なピアノが薪のはぜる音や大鶴さんの低い声とともに、雨でけぶった表の楢林のなかへ溶けだしていく。

ちょうど大鶴さんが店を開業した四年後、おなじ名のジャズ・バーが青山にできる。先ほどもふれたが、その店のあるじは、のちに現代陶芸を語るうえではずすことのできない器専門のギャラリーをつくる広瀬一郎氏だ。バーと並行するかたちではじめた桃居は一九八七年、西麻布に誕生する。それまでの産地主義、伝統工芸の公募展、人間国宝制度、百貨店の美術画廊といった巨大な販売システムにのっかった陶芸界からはなれ、作家とギャラリストが一対一の個人でつながり、もっと実生活に近い場所で、じぶんがつかいたい物だけを売り買いする、というしごくまっとうな食器の世界をきりひらいてきた名店のひとつである。大鶴さんもなんどか東京にでてきたついでに立ちよっては、マグカップなどを買ったことがあるらしい。広瀬氏の店はいまや大御所となった黒田泰蔵や川淵直樹といった孤高の陶芸家たちを最初期からささえ、赤木明登、三谷龍二、安藤雅信など、その後の生活工芸の隆盛を担った作家たちの重要な活動の場ともなった。一級の工芸品を日常にとりもどさんとする桃居の哲学はじわじわとすそ野をひろげ、やがて大衆化していく。そうやって広がった平原に、昨今の暮らし系のムーブメントが芽吹いていき、気づくと美しい生活がどうしたこうしたと大義名分をかかげた商売人がどんどんと集まってくることになる。彼らに踏みしだかれ、工芸と雑貨の境目もすべて曖昧になってしまったアスファルトのごとくまっ平らの土地に、おそらく私の店が建っているのだろう、と大鶴さんのインタビュー記事を読みかえしながら考えた。

この島国にだけ生まれ栄えた、あらゆる物を雑貨に変容させては売りさばく雑貨屋、わびさびの伝統と現代の暮らしをむすぶ器屋、ダンス・ミュージックを身じろぎもせず座して聴くジャズ喫茶——それらは村上隆氏が拙著への感想のなかで、おなじ洒脱な人種だと喝破したひとびとの商いであるが、彼の一文を読んでから、私は一見なんの関係もないような三者をつなぐ狭き通路を手にいれることができた。いま、その道をたどたどしくさかのぼり、大鶴さんの心境にすこしずつ近づいていく。そしておなじ時代に生まれていたら、ジャズの蘊蓄をためこんで彼とおなじような生きかたをしていたかもしれないと思い至った。私をふくめ、芸術文化に淫したモラトリアムな若者が自意識の発露として店をひらく、というライフスタイルのはじまりには、七〇年代なかごろに全国で六百軒を数えるまでにふくれあがったといわれるジャズ喫茶があるのはたしかだろう。そこから春樹氏のように物書きに転じる者もいれば、広瀬氏のように他分野で独創的な商いをはじめる才ある者もいた。あくまで集団には属さない孤立した個人プレーヤーとして、彼らはオルタナティブな生きかたをもとめ、大きな資本の濁流から離隔した一本の美しい支川《しせん》をつくった。しかし時代がくだっていくと、社会をドロップアウトすることや就職しないで生きることの意味はおのずと変わり、反骨のしるしもどこへやら、自己表現としての自営業の譜系もずいぶんお気軽なものになっていった。村上隆氏が「円環が閉じつつある」と書いた意味を、私はジャズ喫茶からはじまったミームが三十年の月日をかけて希釈され、やがて力つきる歴史としてとらえてみたい誘惑にかられてしまう。清らかな支流は、いま泥まみれの資本の大河へと還っていく。つまりそれを、長いながい雑貨化の道程だったと考えてみたいのだ。

レディメイド、さえも

マックスというドイツ人留学生の知り合いから、片言の日本語で「たぶん、これきっと、好きだと思う。移転のお祝い、どうぞ」と『フォン・イエーデム・アインス』という三百ページ、オールカラーのぶ厚い写真集をもらったことがある。英語版のタイトルだと『ワン・オブ・イーチ』。フランクフルト出身のカールステン・ボットという現代美術家が収集した、場末のリサイクルショップにならんでいそうな中途半端に古い物が、独特な沈んだトーンの写真におさめられている。見開きで十六点、ぜんぶで二千点以上。これらはただ並んでいるのではなく、じつにこまかくジャンルが分けられていて、ページのはしっこにゴチック体で分類名が書いてある。

「建築計画、建築模型」からはじまり、「食器」「靴」「食品包装」「有名人」「キッチン」「写真」「宝飾品」「女性下着」「バスルーム」「広告」「廃棄物」「お金」

「ホテル」「若者」「紳士服」「おもちゃ」「学校」「トイレ」「工具」「医者、病気」「戦争」「コンピュータ」「庭」「地図」「石」……などとえんえんつづき、最後は「宇宙、宇宙旅行」で終わる。ひとつの分類につき少なくて一ページ八点、多いと六ページ四十八点ほど選ばれ、さらにそれぞれの写真の下に物の名前とサイズが記されている。たとえば「音楽」であれば、「子ども用のチター、縦十五センチ、横三十一センチ、高さ四センチ」「マイケル・ジャクソンのハンチング帽、直径二十八センチ、高さ五センチ」「ピアノ弾き、写真、縦十三センチ、横十八センチ」「バッハ、LP、縦三十五センチ、横二十七センチ」といった具合。「政治」であれば、「ホーチミンの皿、直径十八センチ」「レーガンとゴルバチョフ、雑誌の切り抜き、縦二十一センチ、横二十八センチ」「ソ連占領地域の手帳、縦二十一センチ、横十センチ、厚さ四センチ」「ウサーマ・ビン・ラーディンの人形、縦二十五センチ、横十三センチ、奥行き十四センチ」……もうじゅうぶんだろう。

また本書には「人々はなにを必要とし、なにをしようとしているのか?」という印象的な一文をふくむ、短い前書きがついている。それによれば、ボットは一九八八年から日常生活をとりまく物を集めてはアーカイブしつづけているようだ。本人は「現代史のために」という大義をもっているらしく、美術館や博物館がやらないんだったらおれがやる、ということで、いままでに五十万個の物を集めてきた。そして日用品を考古学的な目録のように分類整理することで、人々はそれらの物をどうつかって、物同士がどのように関連しあっているのかを調べたいのだ、と語る。既存のすべての物を均等に蒐集するというルールを課し、みずからのアナログな分類法の説明に、インターネット空間のハイパーリンクのアナロジーを好んでつかうことからも、どうやらグーグルのページランクのようなものを意識しているのだろう。ボットはその人力のアルゴリズムで物と物、物と人間との、見えない関係性や欲望などを炙りだしたいのかもしれないが、本書を読むかぎり、彼の目論見が成功しているかははなはだ疑問である。

一方、ホームページによれば、ボットは集めにあつめた異常な数の物をつかって、九〇年代の中ごろからドイツやアメリカのさまざまな都市で展覧会を積極的に開いており、現代美術家としてはそれなりの評価をえてきたように思われる。

では、この『フォン・イエーデム・アインス』という作品集をどう読むべきなのか。市場がどうやって万物を雑貨に変え、カタログ化していくのかを反語的にえがいたコンセプチュアルアートとしてとらえるべきなのだろうか。しかしページをめくればめくるほど、私の脳みそはボットの壮大なコンセプトをぜんぶすっとばして、よくできた厚手の雑貨カタログとしてしかとらえられなくなっていった。

そういえば、頭の回転のはやいマックスは帰りぎわ、たどたどしく私にこう告げたのだった。

「あなたの店みたいですよ。この本は。あなたの店から、商品、私物、机、棚、みんなスタジオに運ぶ。パシャ、パシャパシャ。カメラで、アートみたいな雰囲気、撮影したら、この本、できます。がらくた。便利な物。かっこいいやつ。なんのためにあるか、よくわからない物。でも好き。なんでだろう。この国のひと、みんな雑貨が好きだ。だから、あなた、雑貨を売る。そうでしょう？　そして、もうかってる」

「もうけてないよ」と笑ってマックスの肩をたたきながら、その撫でつけられた金髪と、左右で微妙に色のちがう目を見た。動揺をかくすように視線を落とすと、なぜか左は深緑、右には山吹色の靴下をはいていた。

私は美術に明るくないので、これがレディメイドの一種に入るのかどうかわからない。だけど仮に作者のこの滑稽な収集行為が芸術活動として世間に認められていて、はるか遠くにデュシャンやマン・レイの営為があるのだとしたら、ポスト・レディメイドの地平は、物が雑貨化した荒れ野で既製品を選ぶところからはじめないといけないのだ、といらぬ心配をしてしまう。いまを生きる芸術家たちは、鑑賞者の、既製品から美術品にいたるあらゆる物を雑貨としてとらえる雑貨感覚からどうやって逃れることができるのだろうか、と。

東日本大震災のあと、マックスはベルリンにいったん帰り、母親に顔を見せるとすぐに東京へもどってきた。この街のなにがマックスの心をとらえているのかさだかではないが、日本の魅力をこんなふうに語ったことがある。ちょうど地震の一年まえ、マックスは大学の冬休みを利用して観光バスに乗り東北にむかっていた。途中でいくつものサービスエリアに降り立ったが、どこもおなじような平べったい建物で、屋根からのぼる湯気が風にさらわれていくさまに惹きつけられた。彼が日本の美と出会ったのは、とあるサービスエリアのトイレらしい。小便器でゆったりと用をたしながら、それが消臭剤であることなど知らずに、排水口のうえで蛍光色に輝く玉を夢中で転がしていた。そしてふと上方の窓に目を転じると、たそがれの濃い光のなかでアルミホイルにつつまれたワンカップのビンが輝いていて、なかに日焼けで脱色してガーベラかカーネーションかわからなくなった造花が数本生けてあった。マックスはそこで、おぼえたての侘び寂びという言葉を理解したのだという。

「いや、それ侘び寂びじゃないでしょう」

「じゃあ、見立て、ですか？」

「いや見立てでもない、と思う」

「じゃあ、なにですか、あれは？」

「知らない」

「ドイツのトイレに、あれ、ないです。ぼく、見たことない。じぶんで光る玉と、偽物の花が飾ってる。とても好き。枯、山、水。あってます？　嘘の、自然。美しいと思う」

美大の大学院にかようマックスは、あらゆる公共施設のトイレにおかれた造花の生け花をあつめて写真集をつくりたいのだと構想を語った。タイトルはもちろん「イケバナ」。そんな安直なコンセプトでいいのかと心配になりつつも、マックスはその後、旅行雑誌の編集部のバイトにのめりこんでぱたりとすがたを見せなくなり、作品の進捗も聞けずじまいになってしまった。ぶじ修了できたのかも、わからない。

「美学的な過去、あるいは未来さえ呼び起こすようなものを避けるために、ですよ。それが重要な点でした。あなたを喜ばすものを選ぶのは容易ですから。この「喜ばす」というものは、あなたの趣味の伝統、あなたの趣味の才に根拠があります。趣味のない、無味な何かを選ばなければなりませんでした。それは難しいですよ、もちろん。瓶掛けは見ると美しいと思えても、それはまず無味です。断固そうです。それには趣味はありません」ジョルジュ・シャルボニエ著／北山研二訳『デュシャンとの対話』(みすず書房)

デュシャンは、あるインタビューでレディメイドについてこんなふうに語った。彼のいう「趣味」とは、近代や現代といった歴史の枠組みにとらわれた眼をたよりに作品とむかいあい、美しい、うれしい、官能的だ、なつかしい、といった感情的な反応ばかりしてしまう人間の性《さが》をさしている。だからデュシャンにとって聞き手のシャルボニエのような美に耽溺する趣味人は、悪趣味なひとよりも警戒すべき存在だったのかもしれない。また、デュシャンはときに趣味を「網膜的」といいかえたり、頭脳を「灰白質《かいはくしつ》」という独自の言葉で呼んだりもしている。網膜的であってはならない、もっと灰白質を、と。感情より知性を、内容より形式を、美学より論理を、事物よりも行為を……。こういったデュシャンの徹底した反芸術のそぶりと、秘して死ぬまでつづけられた、あまりに芸術的な物づくりの実践、という矛盾のなかに、現代におけるひとつの崇高な倫理を見いだした者はあとを絶たなかった。そして彼らこそが、デュシャンを現代美術の父とあおぎ、創世の神話をつくってきたのだった。

一九一五年以降、「折れた腕の前に」と名づけられた雪かき用のシャベル、「旅行者用折り畳み品」というタイプライターのカバーなど、つぎつぎと無個性な商品が芸術作品として発表されていき、二〇年ごろからは「オーステルリッツの喧嘩」という木とガラスに油彩したミニチュアの窓のように、だれかにつくらせた複雑な物もレディメイドのシリーズにくわえられていった。当時、それらを目撃した選ばれし鑑賞者たちの多くは、このちぐはぐな経験のなかで、不穏な気持ちをいだいて腹をたてたり、阿呆らしくなって素通りしたであろうが、のちのひとびとは、なんのへんてつもない物と芸術のアイロニカルな一致に、芸術という制度だけではなく、近代という時空に閉じこめられた私たちの眼を救いだすための魔法の力を汲みとっていった。そしてみな、語りはじめる。メキシコの詩人、オクタビオ・パスが、まるで未来を見越したかのごときデュシャンの創作原理を「メタ・アイロニー」と呼んでみごとに分析してみせたのは、いまから半世紀以上もまえのことだが、その後も無数のデュシャンピアンたちが間断なく言葉をつむいでは創造主に捧げつづけてきた。きっといまもどこかで、あの美術評論家にむけたIQテストのような「彼女の独身者たちによって裸にされた花嫁、さえも」やエロティックな遺作の謎解きがおこなわれているだろう。

というわけで、芸術村から遠くとおくはなれた雑貨村で暮らす門外漢の私は、そろそろ口を閉ざさなければならない。もうデュシャンを語る余地など、ほとんど残されていないのだから。じゃあなぜ私はここまで駄弁を弄してきたのか。それは前述のような、彼をとりまいてきた晦渋な美術界の神話こそが、雑貨界がもとめつづけてきたエネルギー源に他ならないからである。まるで永久機関のように言葉が再生産されつづける芸術の神秘を、浮き世の雑貨はずっと夢見てきたのだ。高潔な芸術の残り香をかき集めてはパフュームをつくり、物品にふり撒いてできたキッチュな物をふたたび市場に送りこむ。そうやって雑貨世界は、領土を大きく広げるための新たな錬金術を手にいれたのだった。
ずいぶんまえだが、「泉」と題した便器にデュシャンが殴り書きした「R・マット」というサインがシール化されて、それを嬉々として仕入れていた時期があった。これさえあればだれでもレディメイドが生みだせる、という馬鹿な謳い文句だったけれど、ここでいう雑貨の錬金術とはそういう牧歌的な詐術じゃない。もう売り手も買い手もキッチュであることに気づかないくらい、もっともっと狡猾でいりくんだやりかたで、物の価値を変えてきたのだ。たとえば、つぎのように。

私が店をつくって数年経ったころ、とある田舎町に移住して店をはじめた夫婦がいた。彼らは九〇年代、カフェブームに沸いた目黒通りで、ミッドセンチュリーや北欧のヴィンテージ家具、ファッションとして再解釈された軍物の古着や道具類、なかでも水と油の原理で、光る球が筒のなかを上下する奇妙なランプを何百個と売ってひと財産をきずいた。そしてブームの潮目をしっかりと読んで店をたたみ、自然豊かな避暑地に家を買ってスローライフに転じた。ずいぶんとお金があまっていたのか、夏に南仏のワイナリーに隣接した邸宅で何か月か滞在し、そのあいだに農家の納屋や骨董市をまわって買いあつめた古道具をもとでに、ふたたび店をひらいた。

私の店のお客に趣味で古楽器をつくっている男がいて、彼を介して、私はその夫婦と歌舞伎町の広東料理店で飲んだことがある。ふたりとも袖が膨らんでギャザーがはいった白い立ち襟のシャツ、黒いパンツ、そしてぶつぶつした豚革の靴をはいていた。黒髪のおかっぱ頭も似ていて、ちがいは男が丸眼鏡をかけ、女は裸眼でサスペンダーをしていることだった。ひととおり自己紹介もすんで、いつもの癖で自虐的におどけながら、まだ軌道に乗らずスタッフもいないんですよ、店もなにがやりたいのかわからなくなってむちゃくちゃなんです、などとつらつら話をしていると、丸眼鏡の男は遠くを見つめ「うらやましいな。ひとりがいいですよ、気楽で。若いうちは、じぶんだけの趣味の世界が一番です。うちみたいにたくさん雇っちゃうとなにかと大変ですから」といった。すこしして女が、あなたにはまだわからないと思うけど、と前置きしてから「お金を借りて、ひとを雇って……つまり趣味の店からぬけだしたら、もうもとにはもどれないのよ」と旦那のほうへ目線を送りながら言葉をつぐ。旦那は「ほんとに。お金は力だから」と思わせぶりな顔で深くうなずき、しばらく会話がとぎれて静かになると、道楽で古楽器をつくる男が得意満面で「あっ、天使が通った」などと口走り、私以外の三人が笑った。一刻もはやく帰りたくなった。帰り道、酔っぱらった古楽器の男に、お金や力がどうのこうのってあの夫婦が話してたけど、と問いかけると「彼らは、そんなへんなこといわないですよ」とかたくなに覚えていないふりをした。ふたりから気楽だ趣味だ、お金は力だといわれたことによほど憤っていたのか、家に着くとベッドのうえで、つかつかと中華屋の暖簾をくぐって席にもどっていき、金もうけしたり、だれかを雇ったりする以前に、ひととひとが出会えばどんな場所にだって力関係は生まれるでしょう、目には見えないけれどほら、いまここにだって……と赤いテーブルを中指でこつこつと叩き反論しているじぶんを、なんどもシミュレーションしてみたが気分は晴れなかった。あれから十年以上経った現在でも、私の状況はさほど変わらない。スタッフもいない。そのせいでときどき、あの夫婦が語った力をもつことの真意をいまもつかみきれていないのかもしれない、という不安に囚われることがある。

翌年の雨の季節、私は彼らの店にむかっていた。単線の駅からさらにタクシーで十分くらい行くと、霧雨が烟る草地の丘に、白いコンクリートでつくられた大きな円柱形の建物とレンガの煙突が見えた。車からおりて近づくと、建物のまわりをさらにぐるっと漆喰の低い壁が囲っていることがわかる。入口で出迎えてくれたのは丸眼鏡の男で、やはりスタンドカラーの白シャツを着ていた。はじめに案内された円形の広間は、予想に反して古道具屋ではなくパン屋とカフェであった。客はまばらだったが三角巾をかぶりコックコートを着たスタッフがせわしなく行き交っている。状況が飲みこめず、あたりを見回していると男がきて「つきあたりの裏口から中庭にでて、屋根がなくてもうしわけないですが小径にそって歩いていただき、その先の離れに、今度はちいさな四角い建物があります。以前、東京で話したアンティークショップはそこです。今日の雨は夜まで降るみたいですね……あいにく。ゆっくりしてってください」といって、そそくさと奥に去ってしまった。説明の途中ではじめて、私は同店のメイン事業が飲食で、古道具商はあくまでサブであったことを理解した。厨房からでてきたスタッフが聞きなれないパンの名前を告げたあと、焼きあがりましたーと威勢のいい声をはりあげたが、円筒の構造のせいだろうか、声は反響するまえに天井に吸いこまれていった。

中庭をくねる、レンガ敷きの道はまだ濡れていない部分が残っている。微風にこまかく震えるゼラニウムがそこかしこに植わっていた。傘をささず急ぎ足で歩いたので、すぐに木造の離れに着き、さっきの建物よりも四分の一くらいの明るさと広さの部屋に、フランスの骨董品やオリジナルの雑貨がところせましと置いてあった。中央の虫食い穴がたくさん空いた机には、ナイフやフォークで無数の傷がはいった白いパン皿がごっそり積んであって、そのとなりのガラスのショーケースに錆びたボトル・ラックがある。どっかで見たことがある気がしてのぞいていると、後ろから「ごぶさたしてます」と声がした。それは丸眼鏡の男の奥さん、つまり裸眼でサスペンダーの女の声であったが、ふりかえると詰襟のシャツであることに変わりはないものの、サスペンダーはしていなかった。

「洗ったコップなんかをひっかけて乾かすやつです。先週、フランスから入荷したばかりの、二十世紀初頭のボトル・ラック。ごぞんじないかもしれませんが、デュシャンがパリ中心地のオテル・ド・ヴィルの百貨店で買って、レディメイドとして発表したやつとおなじ型番の可能性があります。もちろんサインはないですけど。この形、じつに美しいレディメイドだと思いません？」

私はてきとうに相槌を打ちながら、手もとにあった紙の小箱をいじって頭のざわめきが去るのを待った。美しいレディメイド？　たしかに眼前で、デュシャンがもっとも忌避した網膜的な美しさが、百年後の古道具屋にならんだレディメイドに亡霊のようにとり憑いていた。その因果について思いをめぐらせているあいだも、「デュシャンを知ってるひとでしたらぜったい、唸りますよね」と話しつづけた。そんなことないだろう、と心でつぶやきながら、なるべく女からは距離をとるように計算して店内をうろつく。ぽつりぽつりとディスプレイされた十七世紀や十八世紀のめずらしい品々を壊さぬよう、蟹歩きしながらまわっていると、一か所、壁がへこんで暗がりになった場所にチターやリュートなどが吊るされ売られていた。どれもみょうに新しく、もしかしたら趣味で古楽器をつくっているあの男が商売をはじめたのではないかと勘ぐったが、めんどうなので聞くのはやめておいた。レジのまえまできて、頭上にマン・レイの「障害物」みたいに、大量の古びたハンガーがモビール状にぶらさがっているのが目にはいる。するとな「ごぞんじないかもしれませんが」という女の口癖が聞こえ、「デュシャンの有名なあれもありますよ」あれもありますよ」と店の奥の机を指さし、そこへむかって歩きはじめた。てっきり便器があるのかと思って笑う準備をしてついていくと、スツールに黒い車輪を逆さにさした「自転車の車輪」が、窓辺の机のうえに飾ってあった。

「なんであるんですか?」

「まさか。旦那がつくったんですよ。ちょっともったいなかったですけど、十九世紀のスツールを白く塗って。でも、うえのホイールはいいのがなかったので、現行品でなるべく似たやつを探しました。アメリカ製なの。ほんと、バランスが美しいというか……だからかな、骨董仲間にレディメイド好きは多くて、あなたみたいに本物だと思っておどろいています。あとジョゼフ・コーネルも主人が好きで、最近よくコーネルっぽい箱詰めセットをつくってるんですよ」とくすくす笑った。

「箱詰め、ですか」

「そう。すぐ売れちゃって、いまはないの」

女は車輪がささったスツールの足をにぎり、「でもこの作品のかっこよさは、作家を知らなくたって伝わる気がするわ。先日きた大学の先生もデュシャンをよくごぞんじなかったみたいですけど、日本の古美術の精神に通ずるっていってましたし……」と話はえんえんとつづく。惰性でうなずきながら、私はアメリカ製だというホイールをゆっくりと回してみた。これはたしか、暖炉の火の動きをべつの物におきかえた人生最初のレディメイドだったはずだ。

「美的な感動を何にも受けないような無関心の境地に達しなければいけません。

レディ・メイドの選択は常に視覚的な無関心、そしてそれと同時に好悪をとわずあらゆる趣味の欠如に基づいています」マルセル・デュシャン、ピエール・カバンヌ著／岩佐鉄男、小林康夫訳『デュシャンは語る』（ちくま学芸文庫）

デュシャンは死の二年まえのインタビューのなかでそう答えた。だとすれば彼がレディメイドにこめた無味へのこだわりを、あるいは、外見の美しさにとらわれた趣味を駆逐しなくてはならないというくわだてを、われわれは歴史の伝言ゲームのどのあたりで聞き落としてしまったのだろうか。こんな人里はなれた消費の現場にさえ、レディメイドという概念が伏流水のように浸みこみ、しかも都合よく百八十度、価値が反転している。美しい、レディメイド。この撞着した言葉を雑貨化といわずしてなんといおうか。私は車輪のスポークのあいだから、窓の外の濡れた敷地を見た。急ぎ足で合羽を着た少年が横切っていく。短く刈りそろえられた芝が、音のない雨をうけとめている。

印の無い印

私の店のお客さんでもっとも多い職場は無印良品かもしれない、ということに気づいたのは、同社で働く彼らがファミリーセールという、身内だけの優待セールを知らせる葉書を熱心に配り歩くからにほかならない。その期間がちかづくと私の手もとには茶色い葉書が何枚もたまってきて、次の週には吸いこまれるように無印良品へ買い物に行くことになる。そのせいで、家じゅう同社の品物がふえる一方だ。家電、家具、掃除用品、文房具、なんだかんだ。合理性の美学につらぬかれた物たちのユートピアで散策を楽しんだあと、クラフト紙の袋にモノトーンな商品をたんまりつめこんで帰ってくる。しかしいつも思うのだが、せまい自室にひろがる雑多な物のなかに無印良品の簡素な品をぽんとおいた瞬間の、えもいわれぬもの悲しさはなんであろうか。それは私たちが追いもとめるライフスタイルという言葉のもつ、ある種の空虚さと似ている。

では、私もさまざまな出自の物にあふれかえる小部屋にたえられなくなったとき、「無印良品でミニマルな暮らし」といった謳い文句の便乗本を読んで、物をもたない生活を消費で解決するという倒錯のなかで生きるしかないのだろうか。シンプルライフ、断捨離、ミニマリスト……いや、それはちがう、と彼らは先回りして答えてくれている。商品カタログにはこんな前書きがついている。「ものに囲まれてくらす。すっきりとした空間ですごす。使い勝手のよい部屋で快適に生活する」。つまり物にうずもれようが、ショールームみたいな部屋で暮らそうが、どんなライフスタイルであろうと、ここちよく使いやすい無印良品を利用する余地があることをしめしている。ゴミ屋敷のおじさんにも、物をもたぬ禅寺の坊さんにも、どんなひとにだって店の扉は開かれている。この全方向にむけた、感じのよい肯定感。なんとしたたかな企業であることか。無印良品は、どうやってもライフスタイルを確立できず、日常にむなしさをかかえこんでしまう自国民の存在さえ見越しているかのようだ。無印良品のファミリーセールにかよいつづけるうちに、私は彼らに畏怖の念さえおぼえはじめている。

神野さんは美大のデザイン科に入り、デザインがなしうる巨大な夢を頭いっぱいにつめこんだあと、個人のデザイン事務所に就職する。そしてヘッドホンをして、ただひたすらモニターのまえでイラストレーターとフォトショップに隷属させられた日々をおくるうちに体調をくずしていった。最初は視野の狭窄からはじまり、つづいて胃や腸などもろもろの臓器に不調があらわれていき、最後は電車にうまく乗れなくなって三年で退社。いまは地元の無印良品でバイトをしている。彼はデザイン事務所をやめてバイトをはじめるまでのあいだ、夢をとりもどすべくドイツのヴァイマル、デッサウ、ベルリンを順々におとずれ、歴史に翻弄されたバウハウスをめぐる旅をしたそうだ。その旅路で天啓をえたのかどうかわからないが、どうやら彼はバウハウスの意思をグローバルな規模で受けついだのは無印良品だけだと気づいたらしく、歴々のデザイナーたちはなぜあらゆる事象をデザインという枠組みで語りたがるのか、という意地のわるい私の質問にも「他のデザイナーはともかく……」と、さらっとうけながしたあと、無印良品だけは机のうえや頭のなかにだけある夢想じゃなくて、リアルな資本の現場でデザイン理論を実践しているのだと熱く語った。「なるほど。じゃあ、はやく社員になれるといいですね」などと神妙な顔で話をあわせているうちに彼との距離もちぢまり、ときおりファミリーセールの葉書をくれるようになった。

ある年、ずいぶん痩せこけてミイラのような顔つきになっていたので、それとなくつつくと、母親が骨粗鬆症で三十か所ちかくを骨折したあげく、最後は肺炎になって亡くなったと明かし、「凄絶でした。もうぼくには父親もいなくて……。これから実家でひとりぐらしになるんです」といいながら、いつもとおなじ調子で優待葉書をリュックからとりだした。神野さんはつねにまじめで、まるで無印良品の信仰を広める宣教師のようだった。すでに葉書を何枚かもっている私は、いっぱいあっても意味ないしだれにあげようかと考えながら「ありがとうございます。神野さんのいる店、埼玉でしたっけ？　営業協力しましょうか？」と冗談まじりのお礼をいうと、出会ってはじめて見せた笑顔で「ぜったいこないでしょう。どこの店舗でも優待はつかえますからヤフオクに売っちゃだめですよ。千円くらいだして買うひともいるんで」と釘をさされた。それが彼と会った最後だった。そのあとしばらくしてメルカリが誕生して、彼が後生大事に配り歩いていた特売の許可証が数百円で売り買いされているのを見た。いまもファミリーセールの時期がくると、手渡しで広がる秘教的なお楽しみがずいぶん味気ないものになってしまった世のなかで、彼は伝道をつづけているのだろうか、などと思い出すことがある。

以前、雑貨界の「地図のどまんなかにそびえたつ無印良品という国民的インフラ」なんて冗談めかして書いたことがあった。店に行けば生活に必要な物がほとんどそろうから、というのもあるけど、なによりもこれほど多様な趣味嗜好で分断された雑貨世界で、国際政治における国連みたく、まるで価値中立を保ち、各方面から好感をもたれているかのように見える小売業を、私は無印良品のほかに知らないからだ。でももちろん、それは錯覚である。相対化がここまで進んだ地平に中立なんてものはありえない。ただ、あらゆる角度からながめて、なんとなく中立的に見える高度なふるまいがあるだけである。とはいえ同時に、想像を絶する知略のたまものであることも認めざるをえない。世界三十か国を股にかける彼らは、どれほど壮大な目標にもとづき、その水面下でどれほど困難なネゴシエーションや、ブランディングの調整をやってのけてきたのか。私のようなせまい価値観のなかで、じぶんの好きな物をちまちまならべて糊口をしのいできた雑貨屋には、考えただけでめまいがする。資本の激流のなかに生まれた、つかのまの奇跡のように思うことさえある。

一方で、雑貨化がなんたるかをだれかに簡潔に説明したいならば、無印良品のカタログにまさる教科書はないだろう。なぜなら価値中立という彼らの術計によって、おうおうにして、多くのひとが警戒心をといて耳をかたむけるからである。収納家具、寝具、リビングファブリック、テーブル、チェア、キッチン用品、バス、ランドリー、掃除用品、家電、照明、自転車……。カタログの目次をめくるだけで、世の雑貨化の広がりを理路整然と教えてもらえる。そしてその論理をたどっていけば、無印良品がめざすライフスタイルを実現するために集まった簡素で機能的な雑貨の、最終的に夢見る商品がおぼろげながらわかってくる。そう、それは生活そのものが営まれる場所、つまり家である。そしていうまでもなく、銀座の世界旗艦店に行けば値札のついた無印良品の家がみんなを待っているのだ。ひとむかしまえの総合商社のキャッチフレーズに「ラーメンからミサイルまで」というのがあったが、同社はじつに教科書的なまでの雑貨理論でもって、ペンから家までを一直線につないでいる。

東日本大震災の一年まえ、三十周年を記念してだされた、その名も『MUJI無印良品』は彼らの思想を強く開陳しためずらしい一冊である。生活アドバイザーや収納名人たちが便乗した実用書や、元社長が書いたビジネス書など関連本はやまほどでているが、純粋なコンセプトブックというのはほとんどなかった。同書の冒頭には、あの二〇〇九年に打ちだされた「水のようでありたい」というキャンペーン用に撮られた写真がいくつか載っている。なんど考えても、空おそろしいメッセージであるが、ニューヨークのセントラルパークのスケートリンク、毛沢東の肖像画が見下ろす天安門広場、ローマのカフェ、イスタンブールのガラタ橋を切りとった、暗く沈んだ写真はとても美しい。じつはこれらは前年にくしくも同時出店した四都市の風景であり、つまり水のように世界の隅々へ、ひとびとの求める場所にどこまでも広がっていくイメージとともに、同社のグローバル化を高らかに宣言するものとなっている。

二〇一八年、無印良品はライフスタイル雑貨の夢である住宅の先に、もうひとつのフロンティアを手にいれた。ムジ・ホテルである。一月、中国広東省深圳《しんせん》市に姿をあらわし、半年後には北京の天安門広場のそばにもできた。そして翌年、銀座三丁目に逆上陸。彼らはいう。グローバル化が進んだ世界で、旅はもはや日常でしかない、暮らしの一部なのだと。ずいぶん先を見すえすぎていて、私にはよくわからない発言だが、彼らにとってホテルという大実験は、世界中のまだ見ぬ客層にむけたアプローチにもなっているのだろう。無印良品のファミリーセールのときだけ店にやってきて、レジの店員に「この葉書で割引できますか?」といちいち確認しながら買い物する私とは、ぜんぜんちがうだれかにむけて。

薄い霧が街をすっぽりとおおった、ある春曇りの夕刻。ムーアさんは「今年もファミリーセールの葉書をもってきたよ」と店に入ってくるなりフィドルのケースを床においた。

「まだ無印良品でバイトしてたんですね。練習帰りですか」

「いやこれから。そうそう、もうバイト変えようかなと思ってて。無印良品でレジやってんの、正直つらくなっちゃってさ」

五十ちかいムーアさんは、たしか東横線沿線のどこかにある無印良品で働いていて、こうやってバンドの練習があるときだけ、スタジオからちかい私の店にくることがあった。ムーアさんの本名は新井といい、百九十センチちかい長身なのと、若いころパンクバンドのくせにジャズマスターを轟音でかき鳴らしていたせいで「水戸のサーストン・ムーア」と呼ばれるようになったんだ、と説明してくれたが、幸か不幸か、人生で一度もその偉大なギタリストの演奏に興味をもったことはないらしい。

「バイト先でなんかあったんですか」

「おれさ、十年くらいアイリッシュの音楽をやってるじゃない。はじめたときからずっとそうだけど、ライブとかやるとさ、かならず『無印良品の音楽みたいですね』っていわれるんだよね。日本中、どこいってもいわれんのよ。さすがに慣れてきたけど、そういうのってボディブローのようにじわじわきいてくるもんでさ。アイリッシュだけじゃないよ、スコットランド音楽やってる仲間もなげいてたし。というかケルト系の音楽はみんないわれちゃってるんじゃないかな」といって口髭を上下になでるしぐさをなんどかくりかえした。SNSでなにかリアクションがあるたびに通知される設定なのだろうか、ムーアさんのスマホから三十秒に一回くらい聞こえるか聞こえないかほどの電子音がピコピロと鳴っている。

「ああ、それはうちの店のBGMでもいっしょですよ。ケルトだけじゃなくて、ヨーロッパの伝統音楽で穏やかなやつはだいたいそう。イタリアで民謡やってるブラスバンドかけても、パリのミュゼット流しても『なんか無印良品みたい』の一言で終了ですから。このあいだなんて古楽器をつかったリコーダー・カルテットでもいわれましたもん」

「もうすでに無印良品の『BGM』シリーズから古楽系もリリースされてるかもしれない。でもおれはさ、あの世界中の良質な音楽を紹介しつづけてきたCDは、とてもこころざしが高い試みだとつねづね感心してたんだ。ただ、おれの思いこみかもしれないけど、ああいうフォークロアな音楽っていうのは、しかるべき隘路をたどったひとの心に棲みつくんであって、年がら年じゅう全国でかかってるとさ、その道に行きつくまえに耳に抗体ができて心が受けつけなくなる気がするんだよね」

「好きになるきっかけは、いまもむかしもいろいろあるんじゃないですか。それより、すそ野というか間口が広がることは、長い目で見ていいことかもしれませんよ。ムーアさんのバンドだって恩恵があるかもしれないし」というと、間髪いれず「ぜんぜん、売れてないから」と返ってきた。ピコピロ、とスマホが鳴く。

「ともかく、おれが一番困っているのは、そこじゃないの。週のうちでバイトしてる時間がバンドの練習時間を超えはじめたころぐらいからかな……わかんないけど、あるときから、じぶんの音楽をじぶんで無印良品の音楽みたいだな、って思いはじめてさ」と急に真顔になった。「最近は店でBGMを聞いてるのも、練習後にバンドの録音聴くのもつらいんだよね」

あけはなした扉のほうから栗の花の匂いがする。「じっさい、彼らは現地に行ってめちゃくちゃ一流の音楽家あつめて録ってるし、しかも高音質でさ、じぶんたちよりも格段うまい演奏で……」とムーアさんの愚痴はえんえんとつづく。いっこうにファミリーセールの葉書をくれる気配はなく、すっかり夕闇におおわれたバス通りでは、霧をかきわけて帰途をいそぐひとたちの足音がきれぎれに響いていた。

いま無印良品がもっとも消費社会をフラットに研究している企業のひとつであることに、異論は少ないと思う。経済と文化におけるハイとサブ、あるいはメジャーとマイナー、普遍と特殊、合理と非合理、複雑と簡素、グローバリズムとローカリズム。その分離をどうつなげるのか、その差異を利用してどう新しい消費を生みだせるのかを、彼らは冷徹な目で模索しつづけている。

たとえば、千葉県のとある自治体において地域活性化のための指定管理者となり、あまり利用されていなかった農産資源などをつかって、どうすればその土地の特産品の価値を上げられるのかという挑戦をする一方で、パリにある欧州旗艦店、ムジ・フォーラム・デ・アルの一周年を記念して、いわゆる日本で「生活工芸」と呼ばれるムーブメントをかたちづくってきた重要な工芸家たちを紹介する企画展をひらく。あるいは成田空港の格安航空会社用ターミナルという、大きな公共空間をデザインしながら、池袋西武店でとるにたらない物やひろった物を収集、展示し、フェティッシュと雑貨感覚の不分明なさかいめを考えるような機会をもうける。またアジアやヨーロッパの現地企業と合弁会社をせっせとつくって店舗拡大を進めるプレスリリースを流したかと思えば、かつてあった有楽町店に若手の現代美術家を呼んで、無印良品の商品をつかったレディメイド的な彫刻作品をつくらせたりする。「ポスト・レディメイド」と呼んでいいのかわからないが、おそらく彼らは、その気鋭の美術家がデュシャンのレディメイドさえもが記号化された地平で創作活動をしていることを、ちゃんと知っていたはずだ。無印良品は日夜、メジャーとマイナーを行き来しながら、メタ的な自己分析と消費者研究をおこなっている。そうやって蓄積された情報は、雑貨化する私たちのあらゆる欲望を、ずっとずっと先まで見通しているだろう。

『MUJI 無印良品』のクラフト紙でできた帯には、あのえんじ色のゴシック体で、無印良品が一九八〇年に消費社会へのアンチテーゼとして日本に生まれた旨が書かれてある。強欲な資本に背をむけて、脱雑貨化をめざすような小さな共同体は、いまもむかしもつねに一定数存在してきたし、修行僧みたいになっていったまじめな自営業者もいっぱい知っている。だが、無印良品でもパタゴニアでもいいけれど、消費社会をオルタナティブな消費で、いいかえればべつの正しい雑貨化で書きかえていく、といった良貨で悪貨を駆逐するような考え方を、臆することなくいいはなつ巨大企業の登場をどうとらえるべきなのかについて、われわれはまだ答えをもたない。冷笑すべきか、一抹の希望をたくすべきか。先は見えないけど、どのみちそれは正義の消費をめぐる、まさに地球規模でくりひろげられるパワーゲームのはじまりであることに変わりはない。

地図のないメニルモンタン

ときおりなにかを叩き壊す金属音がして、工事現場がそばにあるのだろうと思いながら細い道を歩いていた。音は空気をつんざくと同時に、この石におおわれた冷たい街に反響し、どこかすぐちかくにあるはずの打面にもどっていく。さっきから壁に、やたらとスプレー缶による落書きがあった。ストリートカルチャーのことはよくわからないが、その街区の危険度とグラフィティの数に相関はないのだろうか、などと案じながら丁字路にさしかかり、ふと首をまげると、移民らしき少年たちが一本のバットを順ぐりにまわしながらスクーターに打ちつけていた。鳴りひびく破壊音といっしょに、バイクから細かい粒子が冬の夕影に舞うのをぼうぜんと見ていると、彼らのうちの幾人かがこっちに気づきフランス語でなにかをさけんだ。大慌てで雑誌の切りぬき地図をポケットにしまって逃げる。連日、石畳のうえを歩きすぎて靴ずれをおこした足で必死に走りながら、パリジャンたちも知らないメニルモンタンの穴場スポットをこっそりご紹介、などという能天気な記事を鵜呑みにして、こんなところまできてしまったじぶんを恥じた。パリジャンも知らない？　そりゃそうだろう。こんな物騒な場所にわざわざだれがくるというのか……。

インターネットの恩恵に浴したいまでは信じられないが、私が大学にはいった世紀末の日本において、海外の都市でウィンドウ・ショッピングを楽しみたいひとは『地球の歩き方』のような案内書とともに、最新情報が載った雑誌の切りぬきをにぎりしめて街をふらふらとさまよった。大学二年生のときに新たな世紀をむかえ、そのころには、あまたの雑誌がとめどなく特集を組みつづけてきた「パリのおしゃれな雑貨屋」などという題目において、未知のスポットはほとんど残っていなかった。あげく、編集者たちは現地のひとも知らないマニアックな店を見つけてきては、隠れ家だの、ワンランクうえだのといって、新奇な情報を売りさばいていった。

現場からどれくらい逃げおおせたのかさだかではなかったが、すこし速度をゆるめ、くしゃくしゃになった地図をひらく。しかし、クレヨンみたいな幼稚な線で描かれた道案内をいくらながめても、目的地の場所はおろか、いま私がどこにいるのかさえわからなかった。

以前、世のなかに雑貨店主のおすすめ雑貨の本は腐るほどあるが、メタ雑貨論を語らんとする者を寡聞にして知らない、などとしたり顔で語ったことがあった。だが最近になって、編集者として活躍するかたわら高度な雑貨論を書きついできた井出幸亮さんと知りあい、私の不見識ぶりにずいぶん肩身のせまい思いをした。そんな井出さんが私にまず教えてくれたのは吉本由美著『暮しを楽しむ雑貨ブック』（じゃこめてい出版）という一冊で、「雑貨」とはっきりと銘打たれた日本で最初の本ではないか、とのことだった。一九八三年の刊行で、ちょうど東京ディズニーランドができた年である。吉本さんが「まえがき」でも書いているように、すでに雑誌の仕事をはじめて十年がたち、「雑貨スタイリスト」という肩書きを確立したころで、彼女が仕事をした『アンアン』『クロワッサン』といった雑誌の世界では、とっくに雑貨という言葉はあふれていた。それらがはじめてまとまったかたちで書籍化されたのが本書だった、ということだろう。

私が切りぬいてパリにもっていった雑誌にはたしか、やっぱりクリニャンクールでカフェオレボウルを買いたい、といったずいぶん夢見がちな特集があったが、それより二十年まえにでた『暮しを楽しむ雑貨ブック』にも「カフェ・オ・レ用どんぶり」の隆盛が書かれている。六〇年代なかごろ、まだ十代だった吉本さんは、フランス映画で見たどんぶりでカフェオレを飲む小粋なパリジャンたちにひかれ、私もあれでぐびぐび飲んでみたいと、とりつかれたようにどんぶりを探すも当時の日本には皆無だった、という話からはじまる。それから五年後、『アンアン』では、ああいったどんぶりはどこで買えるのか、という読者の投書がくるぐらい、カフェオレどんぶりのうわさはひろまってくるが、もちろん、まだどの店にも売っていない。そこから三年ほどたった七〇年代のなかばごろ。なんと、待ちわびすぎた吉本さん本人のカフェオレどんぶり熱は徐々に冷めはじめていた。しかしそれと反比例するように、突如、パリに行った友人たちの土産物がカフェオレどんぶり一色となり、気づくとどんぶりの数は零から五個にまで増える。まるで「高度成長の成金長者みたいに」。そして八〇年代をむかえ、アフタヌーンティーに行けばいくらでも買えるようになったときには、吉本さんちのカフェオレどんぶりはもはやサラダボウルや果物鉢となっていて、わざわざカフェオレを注ごうなんてことはほとんどなくなりました、という落ちで終わる。短いエッセイだが、雑貨の歴史のもつ切なさがしかと刻まれている。

カフェオレどんぶりはその後も、カフェオレカップ、カフェオレボウルなどと名前を変えながら供給量を増やしつづけた。われわれはいったい、どういう欲望でもって、コーヒー牛乳をいれる大きな鉢を永年探しもとめてきたのか。全国のカフェのメニュー表においてカフェオレがカフェラテに蹴落とされつつあるいま、やっとカフェオレボウルという言葉も死語になった気もするが、雑貨のもつ幻想は解明されないままひきつがれているだろう。すくなくとも瀟洒《しょうしゃ》な雑貨の世界において脈々と。それは『暮しを楽しむ雑貨ブック』で紹介されている八十点以上の雑貨が、いっさい古びていないことからもよくわかる。アメリカのミートナイフ、羽根ぼうき、アイルランドの厚手のタオル、丸いだけの真鍮のドアノブ、海綿、フランスの作業着、曲げわっぱ、理化学実験用ガラス器具。そのどれを私の店にならべても、明日からじゅうぶん商売ができてしまうほどにかっこいい物ばかりだ。シンプルで、機能的で、ちょっとした遊び心があって、職人技も発揮されていて、もちろん西洋へのあこがれもあって……。その雑貨感覚は、いまの感覚と瓜二つに見える。二十一世紀になっても、若かりし吉本由美さんが言祝いだ雑貨の遠い残響のなかで、私もふくめ、一部の雑貨愛好家たちは消費をつづけている。でも、ほんとうにいっしょなのだろうか。

当時の女性たちが無言で押しつけられていたギンガムチェックやフリル満載の雑貨に対して、吉本さんが暮らしのなかに打ち立てなければならなかった簡素で美しい雑貨の切実さは、加速する雑誌メディアの喧伝のなかで洗い流され、ただ「おしゃれな雑貨」という札がぶらさがった消費空間をつくっていったのではなかったか。業界にはエピゴーネンたちがあふれ、「暮らし」という言葉はあるときから教条的な響きさえまとうようになってしまった。すくなくとも吉本さんにはそんなふうに見えた。そして同書をだした数年後、スタイリストを辞し雑貨界からでていくこととなる。

井出幸亮さんから教えてもらったもう一冊は、くしくも「吉本由美の懺悔」という巻頭記事が話題となった『クウネル』（マガジンハウス）の二〇一五年五月号であった。井出さん自身も編集にかかわっており、とくに一九五二年のアメリカンファーマシーからはじまり、二〇一四年のラカグまでをたどった「雑貨クロニクル」という年表はたいへん勉強になった。この七十三号めの『クウネル』がでた翌年、事実上の廃刊といってもいいほどの大幅リニューアルがなされることを思うと、同書がかたちづくってきた「暮らし系」の総括とも考えうる一冊である。「しゃれていなくてもごたごたしていても快適な空間は生まれるのだった。それを知らずにやみくもに〝シンプル&上質〟と唱え続けた若き自分の無知さ加減と浅はかな心」などと、吉本さんらしいおもしろおかしい文体で悔恨がつづられている。

まるで、この三十年のひらきをもった二冊の本が、ある種の雑貨のはじまりと終わりをゆびさしているようにもみえる。以前、その歴史をおおげさに「マガジンハウス史観」などと名づけてみたこともあった。つまり同社をはじめとした雑誌と雑貨が手をとりあってつくった洒脱な雑貨の物語群のことである。それがどれほどの影響力をもちえたのかわからないけれど、雑貨史がインターネットの登場とともに霧散しつつあるのはたしかであろう。サイバースペースにおおわれた寂寞とした地平において、さまざまな価値観の雑貨がいりみだれ、雑貨の正史をつむぐことはほとんど不可能になったのだ。地図もなく、だだっ広い雑貨の海のなかで、歴史の主人公だった瀟洒な雑貨は「おしゃれ」というタグをつけられたのち、その特権的な地位を失ってしまった。

息を切らして坂をかけあがる。すると角に古びたシナゴーグが見え、そこを右に折れた。気づくと破壊音が聞こえなくなっていることに一瞬安堵したものの、少年たちがバイクからはなれて、いままさに木製のバットをもって私を追いかけてきているのかもしれないと思いなおすと、わきたつ恐怖のせいで足がもつれて

きた。公園の黒い木々が目にはいる。スカーフを頭に巻いた老婆が、左手の楡《にれ》のしげみのなかへよろよろと姿を消した。老人であろうとだれであろうと、ひとりでも人間がいる場所に行かねばという本能にみちびかれるようにあとにつづく。錆びた門をくぐり石段をかけのぼると、枯れ枝にかこまれたなだらかな坂道にでて、息せききったままベンチに腰をおろした。さっき駅からの道すがら立ちよったノートルダム・ド・ラ・クロワという教会であろうか、かすかな鐘声が聞こえる。ふたたび坂をのぼる。数分で、この丘陵公園の高みにある円形劇場のような広場にでたが、やはりそこらじゅうの壁がグラフィティに侵食されていた。もときた道をふりかえると、眼下に鼠色に沈んだパリの街があった。

鼠の国をめぐる断章

ディズニーランドのトゥーンタウン地区にあるミッキーの家に来園者がつめかけ、最大十一時間待ちとなった、というニュースがラジオから流れている。二〇一八年十一月、ちょうど世界はミッキー暦九十年をむかえていた。オリエンタルランドも、これほどの待ち時間は聞いたことがないと取材に答えている。そんな混むことがわかりきった日に行くのだから彼らは長蛇の列にならぶことに深い意味をみいだしているのだろう、などと考えながら朝食をとっていたとき、脳裏にかつて、不幸の手紙のようにやってきたミッキーと格闘したなつかしい日々がよみがえってきた。ラジオの音量をしぼる。しばらく躊躇したあと、私はいそいでノートパソコンをたちあげると、三度めの訪問にむけてチケットの購入手続き画面へと進んでいった。

人生で二回めのディズニーランドは高校の修学旅行のときだ。その前日は東京を班ごとにわかれて自由行動したのだが、学ラン着用が義務づけられていたせいで、愛媛の田舎からはるばるできた思春期の男子たちには気の重い一日だった。どうやっても街に溶けこむことはできず、終始、往来から聞こえる笑い声がじぶんたちにむけられているような錯覚がついてまわった。陽もかたむき、乾いた木枯らしの吹く表参道のベンチでクレープにかぶりつきながら、さっき原宿の裏通りで買ったトミーヒルフィガーのハットをかぶったひとりが「東京って、いがいと買うもんないなあ」とうそぶいていたが、だれも返事をしなかった。田舎では目にしたこともない数のひととひとが、たくみな動きで触れあわないように行き交っている。しばらくして、べつのだれかが「おまえ買った帽子、学ランとぜんぜん似合ってないで」と口をひらくも、やはりだれの反応もなく、欅《けやき》の葉が森閑と舞い落ちるなか、みなだまったままクレープを食べた。宿にもどるまえ、東京見学で身も心も困憊したわれわれは自動販売機で缶ビールをしこたま買った。

真夜中、酩酊した私がホテルの廊下をふらふらとトイレにむかっている。そのあとの記憶はあまりない。どこかで捕まり、せまい部屋で数人の男性教師にかこまれながら小一時間ほどきびしい尋問をうけた。いまにも倒れそうな真っ赤な顔で、かたくなに「一滴も飲んでません」といいはっていると、さっきまでどなり散らしていた坊主頭の英語教師がほとほとあきれたようすで「わかった。この際、おまえが飲んだ飲まんはもうええわ。体じゅう酒臭いし、めちゃくちゃ赤いけどな。先生らはな、おまえに急性アルコール中毒で死なれたらこまるだけやけんの。ほんとに、いまにも死にそうな顔しとるで」といって軽く頬をぶったが、私は視線をそらしたままだまっていた。「おまえは酒飲んだら、いかんタイプや。だいじょうぶか？　よっしゃ、わかった。おまえだけは寝てきてもええわ。特別や。そのかわり、だれと飲んだかちゃんというてみ」とわざとらしい笑顔で肩をたたく。はじめは気が進まなかったが、なんとなく状況がうまく転がりそうな予感がわいてくると、不思議なもので、みるみるうちに頭がさえわたってきた。私は喜びを押し殺した深刻な表情で「ほんとですか」と答えながら、いっしょにバンドを組んでいた親しいふたりだけをのぞいて、あとの仲間たちの名前をすらすらとあげた。「もう死にそうです。寝させてもらってええですか」といいつつ、芝居がかった動きでずうずうしく冷たいお茶を飲ませてもらい、さらに顔まで洗ってそとにでた。すると緑の非常灯だけがともった暗い通路に、いつもの面々が正座でならばされていて思わず笑ってしまう。はよ寝ろって先生にいわれとるけん、すまんけど先に休ませてもらうわ、と告げて部屋に帰ろうとすると、手前のやつが私にむけてビニールのスリッパを投げてきた。あとで聞いた話では、われわれは四国に強制送還される予定であったが、担任のはからいで翌日のディズニーランドの自由時間を大幅に削るという処分にとどまったらしい。

どんよりと曇った秋の正午、私は駐車場にとめおかれたバスのなかから、他の生徒たちが団体窓口へ消えていくのを見送っている。「学ランなんか着せて一日じゅう東京歩かせたら、そりゃつらくて酒飲むやろ」と、まだ文句をいっているやつがいた。しばらくすると「バスから降りて」と担任の女が仏頂面で入ってきて、私たちを正面玄関の手前にある煉瓦づくりの小さな円形公園に連れていき、あきらかにホテルの朝食の残り物がつめられた折箱を手渡した。公園は季節外れしのパラソルがならんでいて、まわりをかこむ深い木立のむこうで、ひっきりなしにバスが到着と出立をくりかえしている。「かならず、夕方までここでおとなしくしているように」というと、ひと睨みして担任はゲートのなかに吸いこまれていった。公園にはときおり喫煙所にやってくるひとのほかに利用者はだれもおらず、おのおのがまだ見ぬディズニーランドを想像して静かな午後を過ごした。私は植込みのへりに座りながら、パラソルの露先のひらひらした飾りが風で揺れているのを見ていた。それから、ここはほんとうにランドの一部なのだろうかと考えた。遠くで黒く雲集した椋鳥が低い空を飛んでいく。修学旅行で一番印象に残っている思い出は、キャラクターもアトラクションも存在せず、夢の国の内なのか外なのかさえよくわからない、この煉瓦づくりのさびしい公園である。時間をもてあました私は、ときおり持参した「写ルンです」で軟禁されている仲間たちの顔を撮った。

かんじんな入場を果たしたあとのことをほとんどおぼえていない。一時間ぐらいしか遊ばせてもらえなかったせいもあろう。そのあいだに、たしか一枚の記念写真とプーさんの蜂蜜を買った。だが、土産物のうすっぺらい写真に私は写っていない。ランドには人工の大河が流れていて、そのほとりにスプラッシュ・マウンテンという急流下りのような乗り物があったのだが、このアトラクションでは、お客をのせた小舟が滝を落下するクライマックスの瞬間をランド側がこっそりと撮影しており、ほしいひとはあとで写真を購入できるという、ずいぶん狡猾なサービスがついていた。出口付近のモニターに映しだされた盗撮画像をさがすと、ボートで前後に座った友人たちは、ちゃんと白目をむいて万歳している姿がとらえられていたけれど、私だけがいなかった。おそらく絶叫マシンというものにはじめて乗った恐怖で、股間を押さえながらかがんでいたせいだと思われるが、そうであるにもかかわらず、私の座席部分だけが心霊写真のように消えて影と化したモニターを見ながら「おまえだけおらんやん」と笑われ、「ほんじゃあ、買おかな」となぜなったのか……。こうやってときどき、あのころのじぶんの思考が理解できなくなることがある。

ぜんぶが修学旅行のせいとはいわないが、東京にでてきてからの私は、絶叫マシンからも酒からも距離をとった人生を歩んだ。もちろんミッキーからも。酒は飲めるようになりたかったが、いつまでも強くならなかった。

「展示おめでとう。電報送っておいたから。知ってる？　最近の電報、とってもかわいらしいのよ。よかったら飾ってね。あなたがいるときにうかがいたかったんだけど……残念、木曜か金曜に行くわね。じゃ、明日からがんばって」。展示前日の夜、陶芸家の女性のもとに義理の母から電話があったらしい。彼女はもうしわけなさそうに「そんなわけで電報とどいたらよろしくお願いします。今日はお母さん来ないはずですけど、明日と明後日だけはかならず見えるところに」といって私に頭をさげた。しばらくすると、水色のタキシードを着て筒状の手紙を抱きかかえたミッキーが配達された。彼女はずいぶん土味のある器をつくる作家であったが、ミッキーを展示机のうえに座らせた瞬間、あれよあれよというまに彼のまとった強力なファンタジーの世界が、器のもつべつの世界を支配していくのがわかった。質朴であることに徹した粉引の茶碗や皿をじっくり味わおうにも、視界のはしに、鼠の本繻子《ほんしゅす》の服から乱反射する光がちらつき集中をそいでいく。私も彼女も当惑した。初日は電報を机の下に隠すことができたが、義母がくることが予告された木曜と金曜は目につく場所に飾らざるをえず、するとやはり高周波を放つ害獣除けの機械のように、お客の鑑賞に見えない力をおよぼしているのが伝わってきた。陶芸というジャンルが背負っている歴史や伝統、手仕事といった価値はみるみるうちに弱まり、作家物の器とミッキーのあいだに広がる大きな違和感が、ひとびとの購買意欲をうばっていく。

そしてなにより、古今東西、聖も俗もこえ、あらゆる雑貨をあつかうことこそ雑貨屋たるレゾンデートルであろうなどと豪語していた私の店が、たった一匹の鼠が紛れこんだだけで、いとも簡単に調和が崩れ去っていくさまを目の当たりにしてしまった。そのショックは店の歩みをぴたりと止めた。あなたが想像しうる多様性などたかが知れているのだ、とミッキーにいわれているみたいだった。ひとはなにがしかの安定した世界や文脈に入りこむことで、より深い消費の喜びをえる。しかし一方で、その消費世界は競合する他の消費世界につねにおびやかされていて、だから世の店々は、安定した売場を保つために異物をなるべく排することで成り立っている。たとえばディズニーランドのように。そんなあたりまえのことも私は知らなかったのだ。

すべてのリンクから切りはなされ、だれにも知られることなくネット空間を漂う開店当初のブログをおとずれるため、アドレスバーにアドレスを手打ちすると「サーバが見つかりません」とだけ表示された。一縷の望みをかけて、今度はミクシィに十年ぶりくらいにログインした。その荒れた惑星にひっそりと建ったじぶんの小屋で、ミッキーがやってきたころの日記を探しだす。よほど店がひまだったのだろう、おおまじめに私はミッキーをどう排除するかではなく、どうすれば店にミッキーを置けるようになるのかを考えていたみたいだった。文にはこうある。「ドナルド・マクドナルド、ミュータント・タートルズ、アルフ、テレタビーズといった人形をかつて店に置いたことがある。じゃあなぜ、ミッキーはだめなのか」。店内にいるキャラクターたちを箇条書きしたあと、そこからサンリオはどうだ、アンパンマンはどうだ、とよくわからない思案がつづく。そして最後は尻すぼみとなって、こんなふうに記事は終わっている。「ともかく想像の余地もないほどメジャー化した人気者を、私の店に置くことはできないらしい。逆にいえば想像の余白が広ければひろいほど、そのギャラがもつ文脈を店の文脈に組みこむことができる。国産のキャラに私の店の門戸が開かれていない大問題は後日考えるとして……まず、ミッキーを店に置かねばならない。こうなったら、時代のニーズにあわせ刻々と目鼻立ちを変化させてきたミッキーの性質を逆手にとるしかないのではないか。いまと顔つきがぜんぜんちがう時代のミッキーを、私の想像力でべつの鼠として見立てることで店にむかえいれるのだ」

まるで、できそこないの頓知話みたいだが、この文章を書き終えてすぐに、私は海外のアンティーク業者から足が異常に長くて左右の目がはなれ、笑った口元から歯をのぞかせている半世紀以上まえのミッキーを買いもとめた。なぜ当時の私は、そこまでしてミッキーを招きいれねばならなかったのか。なぜミッキーを棚にならべることがミッキーに屈しないことになるのか。のちの日記にも説明はない。この大義なき戦いは店がだんだんと忙しくなっていくにつれ忘れてしまったのだろう……。そこまで考えた私は、日記を火にくべる。小屋に燃え移るのを確認すると、もうほとんどひとがいなくなった惑星からそっと脱出した。

ちょうどハロウィンが終わってクリスマスがはじまるまでのあいだなら空いているはず、とディズニーランドの年間パスポートを所有する友人から聞いた私は十一月某日、舞浜駅に降り立った。ひとの流れに乗って右折し遊歩道を進む。この道を知らないのは、修学旅行できた二十年まえの来園がバスだったからだとすぐに気づいた。バスターミナルを越えたあたりで、遠くに朝日に照らされた宮殿のようなホテルが見えた。巨大な書き割りの壁におおわれていて、郷里にやたらとあった西洋の古城風のラブホテルを思い出す。そして以前、フロリダのウォルト・ディズニー・ワールド・リゾートのまわりに群生する、夢の国を劣化コピーしたようなモーテルが舞台のハリウッド映画を観たことがあったが、まさかこの部分ぶぶんが書き割りの窓になっている建屋も、そういう模倣されたホテルの一種なのだろうかとながめながら近づいていくと、かの有名なオフィシャルホテルであることがわかった。たしか映画では、月日が経って廃れスラム化した街で、主人公の母親が盗品や体を売って糊口をしのいでいた。

道なりに進んでいき、エントランスを拍子ぬけするほどすんなりとくぐる。だがワールドバザールというガレリア空間にでると、そこから先、シンデレラ城にいたる道程すべてに人頭がひしめいていた。季節はおなじころだったが、高校二年の来園時は夜だったせいか印象がまったく異なり、ひといきれのなかで一瞬ここがどこだかわからなくなる。なにもかもが思っていたより小さかった。なぜかじぶんだけがまちがった目的をもっているような、やましい気持ちにとらわれた。ひとまず地図を手にいれようと探したが、やっと見つけたラックに残っていたのは簡体字で書かれた物だけであった。そのちかくにあったベンチではブロンズでできた長身の男がミニーと手をとりあって座っていて、人間の狂気の歴史について研究したフランスの哲学者にどことなく似ているのだが、スキンヘッドだと思いこんでいた彼をまじまじと見ているとオールバックであることがわかる。いったいこの男はだれなのか。ミニーのとなりに腰をおろし地図をひろげたとき、突然、大音量でエレクトロニック・ダンスミュージックがかかった。四つ打ちにあわせて、ガレリアの交差点にそびえたモニュメントが輝きはじめ、みないっせいにスマホをかざす。軸のまわりを螺旋状にリボンがからみ、さらにミッキーやドナルドがその極彩色の塔にへばりついていた。まわりをかこむひとびとのなかにユニフォームみたいな同じコスプレをした集団がいくつもあって、私は目がはなせなくなる。黒い服を全身にまといミッキーの耳をつけた男たちの一団もいる。おそろいの学ランがいやでいやでしかたなかった私たちとは隔世の感があった。

二十年のあいだに二度しか来園したことのないような人間にとやかくいう権利はないだろうが、なにかまちがった場所にいる感じがした。と同時に、この少しだけずれた可能世界にほっぽりだされたような感覚を私は知っている、と思う。眼前の光景はつい先月、モニターのむこうがわに広がっていたハロウィンのかまびすしさと通じあっていたのだ。でも、その順序は逆であることにすぐに気づく。ハロウィンという習俗を日本に根づかせた最大の功労者は、九七年に「ディズニー・ハロウィーン」という大規模なイベントをスタートして啓蒙しつづけてきたディズニーランドなのだから。よってディズニーがハロウィン化したのではない。ハロウィンに染まりゆく社会がディズニー化したのだ。都市はやっと、ディズニー的な自由へと解放されたといえるかもしれない。

その後、私が園をさまよいゆく先々に二匹の女豹がついてきた。真っ赤な口紅、白い肌、いわくつきのフランス人形のようなカラーコンタクト、豹柄の全身タイツにミニーの耳をつけている。生まれてはじめてディズニーランドをおとずれた小学校のときの記憶をたよりに、ファンタジーランド地区のイッツ・ア・スモールワールドというアトラクションにならんでいると「めっちゃ花が、畑《ばたけ》ってるやん」と騒ぎながら、生垣を背に自撮りをしている彼女たちにでくわした。それとなく会話に耳をかたむけてみると、ふだんは大阪の会社で働く同僚らしかった。二頭の女豹は終始、シャッターボタンを押す手をゆるめない。マークトウェイン号という蒸気船にもいた。熊の一族郎党が歌う劇場にもあらわれた。そして夕刻のパレードでは、はげしいダンスミュージックにあわせて踊りながら、たがいを撮りあうすがたが見えた。

「ディズニーランドとは、《実在する》国、《実在する》アメリカすべてが、ディズニーランドなんだということを隠すために、そこにあるのだ（それはまさに平凡で言いふるされたことだが、社会体こそ束縛だ、ということを隠すために監獄がある、と言うのと少々似ている）。ディズニーランドは、それ以外の場こそすべて実在だと思わせるために空想として設置された」ジャン・ボードリヤール著／竹原あき子訳『シミュラークルとシミュレーション』（法政大学出版局）

一九七八年、まだ日本にディズニーランドの影もかたちもなかったころ、ボードリヤールという哲学者がポンピドゥー・センターの機関誌に「シミュラークルの先行」という文章を寄稿した。その一節である。ぎりぎりまで嚙み砕いていえば、社会が現実で、ディズニーランドはつくりもの、という構図自体がまちがいで、社会はすでにディズニーランドがそう思われているような虚構となっていて、当のディズニーランドはその事実をかくすためにこそ存在しているのだという、おどろくほどへんな仮説なのだが、この四十年まえの奇妙な見立てが、その後の、すくなくともディズニーランドを分析したあらゆる言説をつなぎとめてきたように思う。さらに、オリジナルという実体を失ったまま、その複製たちのちょっとしたたちがいだけを私たちは追いもとめ消費しつづけている、といった彼のシミュラークル論は、私が弄してきた雑貨論をふくめ消費文化を語る際の大きな雛形ともなっている。私も大学の教養科目で習ったせいか、この人文科学の世界においてノスタルジックともいうべき認識の檻からなかなかそとにでられない。でもいま、すっかり暗くなった園のなかを、そんなものはないとボードリヤールがいった現実へむけて歩きながら、必死に、もっとべつの言葉をさがしていた。出口をでて暗い遊歩道がはじまると、靴底と地面の接しかたが急によそよそしくなった。行きに見上げた書き割りのホテルは夜気のなかで光につつまれ、ほんとうの宮殿のように絢爛としてそびえていた。

日常がまたはじまり冬がやってきた。夢の余韻をかかえたまま、書店にたちよれば、どれほど世のトレンドが移り変わろうとも成長をつづけるディズニーランドを、哲学でも経営学でもない言葉でつづった本はないものかと棚をながめるようになった。ところが、いまさら国民的な楽園を批評することじたいがやぼなのか、そんな本はなかなか見つからず、年の暮れの忙しさにかまけているうちに徐々になにかを知りたいという熱意もさめていった。新井克弥著『ディズニーランドの社会学』（青弓社）との出会いは街の本屋ではなく、アマゾンのビッグデータによって突如もたらされた。かたっぱしから「ディズニーランド」と検索していた過去の私の足あとから演算され、目のまえにさしだされた商品の副題には「脱ディズニー化するTDR」とあり、まさに大きな力によって導かれるまま黄色い「カートに入れる」ボタンを押したのだった。ともかく、ちょうど年をまたぎながら読んだ同書は、今世紀にはいってからの東京ディズニーリゾートがウォルト主義をつらぬく本国のそれといかに乖離してきているかを、ことこまかく分析した労作であった。歌舞伎、宝塚、各種アイドルのファンなどにも共通した、物語の全体より、その細部の趣向を愛でるような、わが国らしい消費がランドの変化をうながしてきたのだと書く。著者がそれを「微分的文化」と名づけているのを見て、雑貨化とはまさに、ひとびとのあらゆる物への関心が大きな全体より小さな部分へと移っていく過程でもあるのだと思い当たった。

しかし私がもっとも得心がいったのは、テーマパークの王たるディズニーランドの本質を「一定環境を統一テーマに基づいて構成し、膨大な情報を統辞的かつ範列的に配置させ、さらにそれらを入れ子構造にして、客にイリンクスを発生させるレジャー施設」と定義した部分である。イリンクスとは社会学者、ロジェ・カイヨワが「遊び」を四つにわけたときの一分類で、ジェットコースターなどに乗って目眩におそわれたときのような忘我の状態をさす。ただランドは絶叫マシンなどではなく、破綻のない細やかな設定の物語が網の目のようにすべてをおおい、どうやってもぬけでられない圧倒的な情報の海のなかでひとびとをおぼれさせ、我を忘れる手助けをしてくれる。彼らのいう終わらない夢とは、我を忘れつづけることなのだ。

私はこれを読んでいて、ある同業の男を思い出した。彼がのちのち雑貨界で成功をおさめることなどだれも予測しえなかった十年以上まえ、ときおり私の店に「商売のやりかた教えてくださいよ」などと顔をのぞかせては、実のないおしゃべりをしていた時期があった。私と男は創業した年がちかく、それなりに親しかったのだが、あるときぽろっと「ぼくは雑貨界のディズニーランドになりたい」と口走ったときは唖然として、どんな顔をすればいいのかわからなかった。「なんですか？　それ」と笑ってうけながしながらも、週末になると神奈川の海でゴミ拾いのボランティアにいそしむような彼は、きっと純粋にランドをまねたホスピタリティでもって、笑顔と夢にあふれた店づくりを目指したいのだろうと理解した。就職もろくにできず、社会からこぼれ落ちかけた人間がしかたなくはじめた店とはちがって、男はひとを幸せにするという雲をつかむような理想をかかげて雑貨屋をはじめたのだ、と。その後、彼は関西に移住し、銀行からの出資でもあったのか大勢のスタッフにかこまれ多店舗経営にいそしんでいるらしいと聞いたとき、私に足りないものがなんなのかをつきつけられた思いがした。

しかし二十年ぶりに園をおとずれ帰還したいま、雑貨界のディズニーランドになりたいという男の宣言はまったくちがう響きを奏ではじめていた。ホームページをひらくと、近年の彼は店の運営はほどほどに、斬新な雑貨イベントをつぎつぎと手がける気鋭のしかけ人として活躍しているようだった。工芸、骨董、アクセサリー、菓子、文具など、まさに雑貨界の手中に落ちた、ありとあらゆる領域のフェスを企画しているが、どれもほぼおなじやり方でつくられていた。つまりできるだけ大きな屋内施設をおさえ、そこにブースをならべられるだけならべる。それぞれのジャンルごとに名の売れた作家があれこれ載ったリストでもあるのだろうか、有名どころに、有名だからという理由でもって声をかけたような豪華なラインナップ。人気の作り手を何十人とそろえたあとは、もう玉石混交で、とにかく百人ちかくまで出店者を集めて、しあげにライブやワークショップといった賑やかしをたくさん用意することでイリンクスの精度を高めていく。SNSなどで作家たちがそれぞれどれくらいの顧客をもっているのかを加算していくと、集客人数がまえもって予測できるようなリスクマネジメントにもなり、まるで毛沢東の好んだ人海戦術のような、その野蛮なまでの数の論理はひとびとを惹きつけてはなさないみたいだった。もちろんディズニーランドの芸術的ともいえる、幻想と消費のつじつまがぴたりとあった世界はまねられていないが、錯乱するほどの情報量のなかで、ひとびとにイリンクスをあたえる空間をどうつくるかという点においては遠く手をとりあっているだろう。だから、彼がそういう試みのことを「雑貨界のディズニーランド」と呼んでいたのだとしても、なんら不思議はないのだった。

パン屋から遠くはなれて

「あたしはただのつまらんパン屋です。それ以上の何者でもない。昔は、何年か前は、たぶんあたしもこんなじゃなかった」レイモンド・カーヴァー著／村上春樹訳「ささやかだけれど、役に立つこと」（『大聖堂』所収、中央公論新社）

数年まえにとなり町の商店街にあらわれた三坪くらいのパン屋は、いつ見ても長い列ができている。メニューの種類をかなりしぼった実直そうな品ぞろえ。周到に通りにむけて備えつけられた換気扇からパン酵母の香りがたえず放たれており、一見、ほっこりした個人経営の店のようだが、なにかおかしい。ほっこりが完成されすぎているのだ。知人に特徴を話すと「あれ……？　そんなかんじの店、うちの近所にもありますよ」といわれ、さっそくホームページをのぞいてみると、最初は巧妙にカモフラージュされていて他店の情報は見つけられなかった。だが執念深く検索しつづけているうちに、ほとんどおなじ品ぞろえと店がまえのパン屋が都内各所にうようよ存在することが浮かびあがってきた。点は線となり、やがて個人で営むほっこりパン屋に擬態したチェーン店である、という結論をくだすにいたった。

しばらくして、事態はさらに進展した。なんと三坪のパン屋とおなじ通りに、追いうちをかけるようにべつのパン屋がオープンしたのだ。人だかりのあいだからのぞいただけだったが、給食のアルミのお盆や牛乳瓶などでレトロな雰囲気をかもしながら、隅々までほっこりを張りめぐらしたその佇まいは、やはり私の第六感に個人店の皮をかぶったチェーン店であることを告げていた。この通りでなにが起ころうとしているのか。ふたつの連続してできた擬態の店はほんとうに無関係なのか。もしかしたら三坪のパン屋のライバル店と思わせておいて、実はおなじ系列店である可能性もおおいにあるのではないか。いや、今回のパン屋は自営の店に擬態したチェーン店、と見せかけた個人商店かもしれない……。レプリカントを追うブレードランナーたちが、いつも人とロボットの境界線上でとまどい苦悩するように、私は個人店とチェーン店のはざまで立ちすくんでしまった。

そんな折、とある飲み会の席で「パンのセレクトショップ」なる奇怪な言葉に出会った。そのときは「擬態だなんだと騒いでいるうちに、パン界はどんどんすすんでいるんだ」などと土鍋ご飯をつつきながら笑っていたのだが、帰り道、どうしていままでパンのセレクトショップがなかったんだろう、という反駁が浮かんできたあとは、パン界の現状が一気にわからなくなっていった。

パンブーム、パン好きといったナンセンスな言葉が巷で飛び交い、地元の人からすれば、なんでこんな裏道の小さなパン屋に人だかりが、という光景が全国にあらわれてきたのは、インターネットがパン界の情報を整理整頓していく過程と軌を一にしているはずだ。もちろんネットはすぐにその行列情報も吸いあげてしまうので、小さなブームがブームを呼び、いたるところで人気のフィードバックがおこる。そしてブームの連鎖が、ある平衡に達したところをかいつまんでいけば、容易に有名パン屋のカタログを手にいれることができる。さらにその人気店を客層別にマッピングして、似たような文脈の店を集めていけば……。もはやこれはパン界にかぎった話ではなく、あらゆる飲食の世界で進んでいった現象だろう。そうやって生まれた新たな食の潮流の代表が食のイベント化とセレクトショップ化であった。

おおまかにわけると、その場で食べたほうがいい場合はイベント化の道を歩み、保存がきくものはセレクトショップ化の方角にむかう。どちらも同根ではあるが、前者だと、たとえばラーメン界には人気ラーメン店が一堂に会するラーメンショー的なイベントが全国各地にあるように、パン界にも有名パン屋が集まるパン祭り的なものがいたるところに存在する。整頓された情報カタログから、いくつかの人気店を選びだすことでリスクヘッジ可能な短期イベントは、コーヒー界、カレー界、スイーツ界……と、さまざまな食の世界で応用されていった。他方、もっと保存がきいたり、流通しやすいパッケージがほどこせるジャンルであれば雑貨の世界へと近づき、それぞれのジャンルごとにセレクトショップが存在するようになる。セレクトする店々はファッション業界の専売特許じゃないのだ。たとえば世界中から日持ちのする高級食材が集まるディーン&デルーカにでも行ってみれば、もはや食材と雑貨の垣根がないことが理解しやすいかもしれない。
とはいえ、パンだけのセレクトショップの登場は盲点だった。これはパンの流通や保存技術にイノベーションがおこったわけではなく、消費者の感覚の変化だと考えるべきだろう。すくなくともその前段階には、雑貨屋や洋服屋やギャラリーなんかで、週末だけ行列必至のパンをちょこちょこっと入荷して雑貨感覚で売る、といった光景が日常化される必要があったはずだ。ライフスタイルショップという名のもとに。

雑貨とパン、と聞いて思い出した映画がある。一九八五年、杉井ギサブローが監督したアニメーション『銀河鉄道の夜』である。その前半部に一軒の埃っぽくてひなびた雑貨屋が登場するのだが、ジョバンニはここへパンと角砂糖を買いにやってくる。死後の世界への旅が近づいていることの予兆がえがかれた、とても重要な場面である。しかし原作ではパン屋だったはずの店が、なぜか映画では雑貨屋になっていることは案外気づかれていない。

店のまえでジョバンニは黒頭巾の老人と出会う。ふいになにかを落としてジョバンニが手をのばすも、男はじぶんでさっとそれを拾いあげ、うめくような声で「この切符を落としたら大変だ……汽車に乗れなくなってしまう……」とつぶやいて去っていく。まだ日は落ちきっていないのに、雑貨屋のなかはあまりにも暗い。パンと角砂糖の他にもいろんなものが売られていて、陶器の器や花瓶、じょうろやバケツ、鍋や薬缶といった金物類、薪ストーブ、不吉な目をした猫の人形、木の樽や椅子、鍵盤楽器、意匠の凝った瓶や缶、ランタン、各種工具などがぎゅうぎゅうに積みあげられている。ここには雑貨屋のルーツといわれてきた荒物屋や金物屋と呼ばれる、生活に必要な物をあれこれあつかった商店の雰囲気を借りながら、当時の観客がこんな雑貨屋があったらいいのにと想像するような、ある種の理想的なすがたが投影されているように思われる。

そもそも宮沢賢治の『銀河鉄道の夜』は、あらゆる解釈の余地を残しながら、どんな時代であってもぬぐいされない、ここではないどこかをめざす読者の切なる思いを受けとめてきたわけだが、映像化に際して、ここではない遠い異国感をスタッフは制作に入るまえ、入念にスペインを中心としたヨーロッパの田舎町を取材し、すべての背景画にわれわれの海のむこうに対する幻影をところせましとつめこんでいく。それは映画よりも二年はやく登場したディズニーランドの街並みにも匹敵する完成度であった。日本人の欧米コンプレックスと羨望をあますところなく吸い上げ、海を埋めたててつくった夢の国。もちろんランドが光だとすれば、本作はバブル経済へとむかう世のなかの狂乱から逃れるような、暗い陰画として産み落とされたものではあるのだけど。

原作にはこうある。「元気よく口笛を吹きながらパン屋へ寄ってパンの塊を一つと角砂糖を一袋買いますと一目散に走りだしました」。擬人化された猫がでてくる以外、それなりに忠実な脚本のなかで、なぜパン屋を雑貨屋にしなくてはならなかったのか。それは同作がつくられた八〇年代中ごろが、まさに雑貨ブームまっさかりであったことと無関係ではないだろう。前年にザッカ、同年にはイデー、ファーマーズテーブルといった名店がつぎつぎと登場し、私たちのなかでふくらむ薔薇色の雑貨感覚にみちびかれてパン屋は、パンもあつかう魅惑的な荒物屋にさしかえられたのではなかったか。こんなふうに三十五年ほどまえ、私たちが雑貨を介して夢見た幻は、きっとインターネット以降に開発されたさまざまな経済の算術にまみれながら、いまも幽霊のようにさまよっている。たとえばライフスタイルショップでパンを売り買いする者たちの頭上にだって、その残り香を感じることができるはずだ。

二〇一八年、朝日ソノラマから一九八五年にでていた『アニメーション「宮沢賢治　銀河鉄道の夜」設定資料集』が復刊ドットコムから増補版となって刊行された。ものの数分で終わるシーンを、私がこと細かく記述できるのは同書を手にいれたからにすぎない。あらたにつけくわえられた監督のインタビューを読むと、世にお金がぐるぐるとでまわったゆとりある時代だったわりに、本作は予算も時間もずいぶんすくなかったようである。音楽を担当した細野晴臣氏もエッセイ『映画を聴きましょう』(キネマ旬報社)のなかで、なにも動画ができあがっていない状況で依頼がやってきて、三十曲ほどを絵コンテだけ見ながら即興的につくったと告白していた。そんな商業アニメとしてもアートアニメとしても中途半端な足場のうえで彼らは格闘し、賢治の言葉が放つ心象の明滅を、静かで暗然とした映像のなかにみごとに閉じこめたのだった。

　ここまで私は「パン界」という抽象的な言葉をなんどかつかってきた。たとえばそれは、経済のサプライチェーンとしてのパン業界のことだけではないし、ましてやじぶん好みのパンを評するために、こっちのパンは正しくて、あっちのパンはまちがっていると振りわけるような狭いグルマンたちの界隈のことでもない。もっと聖俗を超えた、すべてのパンを内包した世界であるべきだ——そんなことをつらつら考えるきっかけとなったのが、『パンラボ』（白夜書房）という「あらゆるパンを等しく愛するために」、四百個あまりのパンをひたすら食しては語る狂気の……いや、探求の書物であった。

　おそらくパンの世界には、コンビニやスーパーで売るための巨大工場をもつパンメーカー、百貨店の地下などでしのぎをけずる大小さまざまなパンのチェーン店、「地元パン」と呼ばれる特定の地域にだけ流通する小さなパン会社、店名に

「ブーランジェ」「ブーランジェリー」「ブーランジュリー」といったフランス語を冠したパン屋、あるいはドイツパンの店、ニューヨーク仕込みのベーグル屋、サンドウィッチ専門店、食パン専門店、天然酵母や古代小麦といったパンの歴史の原初をふりかえるような求道的なパン屋、街角に星屑のごとく広がる昔ながらのパンの自営店……といったさまざまなつくり手がひしめきあっている。彼らが生みだす無数のパンと、それを食するひとびとが織りなす歴史文化的な営みすべてを、ひとまずパン界と呼んでみてもいいかもしれない。これはまさに雑貨界とおなじく、気が遠くなるほど複雑で、広大で、果てまで見通すことのできないがゆえに、全体を語る意味を失ってしまった抽象の世界でもある。『パンラボ』は私をふくめ、その暗い森へとわけいろうとするひとたちにとって救いの地図となるはずだ。

もともと『パンラボ』は『パニック7ゴールド』という月刊のパチスロ漫画雑誌での三年間の連載をまとめたものであった。毎回、バゲット、デニッシュ、食パン、クロワッサン、カレーパン、サンドイッチ、シナモンロール、ブリオッシュ……といったかんじにお題のパンをひとつ決めて、さらにその種類のパンならどのパン屋がいいのかを考え、十軒ほどの店を選定する。距離的な問題から首都圏の店に限定されているのはいたしかたないだろう。これら一連の作業には、元祖ともいえるパン愛好家の渡邉政子氏が関わっている。雑貨史に精通した編集者、井出幸亮さんが『&プレミアム』の二〇一四年三月号に寄稿した「そしてニッポンのパンは、サブカルになった。」という論考によれば、渡邉氏が一九九三年にだした『渡邉政子のパン屋さん大好き!』(ビジネス・フォーラム)が「パン屋店主へのインタビューや座談会、パン屋ガイドなどの内容を盛り込み、「パン愛好文化」の先鞭をつけた」一冊として紹介されている。そんな彼女によって選ばれた焼きたてパンは、目白のパン屋「かいじゅう屋」に集められ、オーナーでパン職人の橋本宣之氏と著者の池田浩明氏とふたりでひたすら食されることとなる。語られるのは味だけではない。包丁で切りわけられたパンの断面をながめながら、かたちや構造などもつぶさに考察されていく。

ちなみに、デザインを担当した山口デザイン事務所の大野あかりさんから初版本をもらったのが、私と『パンラボ』との出会いであった。パチスロ漫画雑誌の記憶をひきついでいるのだろうか、書籍化の際も本文は藁半紙にモノクロで刷られている。パンを作家物やアンティークとおぼしき器にのせた美しいスタイリングの写真や、細部までこだわった文字組みやレイアウトを見ていると、連載当時、雑誌の読者にどんなふうに受けとめられていたのか気になるところだが、ともかくパチスロとパンの世界を架橋する彼らの試みが世界初であることはまちがいないだろう。

さて同書のどこが、私のいうパン界という全体性に関係するのか。たとえばメロンパンの回を見てほしい。店に集められたのは、「これがいま求められるメロンパンの最大公約数なのかもしれない」というセブンイレブン「焼きたて直送便メロンパン」、「シャポー」という商品名のイースト菌と天然酵母をあわせた生地を帽子型に成形したフランス風の物、ニューヨーク・スタイルのカフェがつくる卵や乳製品をつかわないオーガニックな物、ゲランド塩や特別な国産卵など素材にこだわりぬいた子どもサイズの物、イタリアの高級食料品店であるペックによる「パーネ・メローネ」、街のパン屋のオーソドックスな菓子パン生地の物……など、あわせて九個の半球形のパンである。ふたりはそれらをかたっぱしから食べくらべていく。味はもちろん、見た目も、その店に集うひとびとのライフスタイルさえも異なっているかもしれない九つのパンを、それぞれの味の魅力はどこにあるのか、メロンパンとはいったいなんなのかという知的好奇心のなかで想像的につないでいく。もちろんパンの選定やコメントに多少の価値観のかたよりをはらませながらも、それはけして、彼らの好き嫌いの評論ではない。趣味趣向を超えたパン愛にみちびかれ、まさに、すべてのパンへとむかう試みなのだ。

「あらゆるパンを等しく愛するために、チャンネルをまわす。自分のツボにくるのを待って独断するのではない。パンに歩み寄る。町のパン屋で売るコッペパンを食べるときは、なつかしいパンを食べるチャンネル。ブーランジュリーで売るハードパンを食べるときは、フランスパンのチャンネル。ドイツパンのチャンネル、食事パンのチャンネル、ベーグルのチャンネル、天然酵母パンのチャンネル…。チャンネルをまわせばあらゆるパンへの通路が開く」

たかがパンされどパン。すでに雑貨がそうであるようにパンにもさまざまな資本や価値観が流れこみ、分断、なんて言葉をつかうとおおげさかもしれないけれど、ひとびとをこっそりとわけへだてている。イースト菌と天然酵母のあいだに、コッペパンとパン・ド・カンパーニュのあいだに、マーガリンとバターのあいだに、コンビニとブーランジュリーのあいだに。そんなのどうだっていいじゃないかといわれたらそれまでだけど、全体を考えてみることの意味、すみわけられ、へだてられたひとびととの通路を想像してみることの意味について私はずっと考えている。「あらゆるパンを等しく愛する」。そんな儚い倫理を片手に、彼らは地図なき世界で、せいいっぱいの地図をえがこうとしていた。それぞれの持ち場で、地図をつくること。これはまさに私が雑貨界においてやりたかったことでもあったのだ。

最後にもうひとつ、私がパンについて考えるとき、いつも頭の片隅に浮かんでくるパン屋がある。それは大学時代に井の頭公園駅のそばにあった小さく簡素な店で、いつ行ってもがらんとしており三年もたたずにつぶれてしまった。顔見知りていどだった店主は、店をたたむことが決まってから私によくしゃべりかけてくるようになり、ある日、会話の流れから店をはじめた理由をたずねたことがある。すると「おそらくそんなひとは世界中にごまんといるでしょうけど」と恥ずかしそうにことわったあと、若いときにカーヴァーの「ささやかだけれど、役にたつこと」をくりかえし読んだことがパン屋をめざすきっかけとなったと教えてくれた。思わず「そんな動機ではじめるひと、ごまんといないでしょう」と口をついてでたが、彼は痩せこけた顔をかたむけてうなずくだけであった。かわりに彼の思い出話は止まらなくなり、生意気だった私は、商売を文学的ロマンからのみ出発したことが店をつぶした元凶だったんじゃないかと思いながらてきとうに相槌をうっていた。あれから二十年ちかくたったけれど、いまだ私はパンのことをよく知らない。一度としてつくったこともなければ、小麦や酵母による味のち

SHAKERTOWN

がいも言葉にできない。だから彼のパンがどれくらいおいしかったのかも、わからないままだ。まずくはなかったが、とびぬけておいしくもなかったのだろう。でも、じぶんがおなじ自営業者となってしまったせいなのか、うまく金もうけができず店を失おうとしていた井の頭公園駅のパン屋が、最後にカーヴァーをひきあいにだして、あんなふうに大して親しくもないお客にとうとうと話してみたくなる気持ちが理解できるようになった。

短編のラスト、子どもを事故で失い絶望する夫婦にむかって、しがないパン屋が語りはじめる。パン屋の悲しみ、孤独、無力感。「オーヴンをいっぱいにしてオーヴンを空っぽにしてという、ただそれだけを毎日繰り返すことが、どういうものかということを」。人もまばらな井の頭公園のわきで、この商売になんの意味があるのだろうと思いながら日々レジを開け閉めしていた店主が、小説にでてきたパン屋の一言ひとことになけなしの希望を感じていたことが、いまの私には痛いほどわかる。

釣りびとたち

音楽のもつ自由で果てしなかった風景がすこしずつせばまっていって、やがて店の大きさと音の世界がぴったりと重なったまま動かなくなる。家のオーディオのまえで座ることもなくなり、レコードもぜんぶ売っぱらってしまう。音楽を受けとめる力の、いちじるしい減退。じぶんのためだけにあったはずの大切なものを、店のBGMとして一日八時間、嬉々としてかけつづけているうちになにかが干上がっていって、ある日、音楽が他人ごとのように響きはじめる。これは私だけがわずらった病いだろうか。それとも職業病？

もちろん好事家のお客がやってくれば、溜めこんだ薄い知識をひっぱりだしてきては、バーバンク・サウンドがどうだ、イスラームのカッワーリーがどうした、スペクトル楽派があした、初音ミクがこうしたと、さもいろいろと知っているかのように言葉を尽くし必死でご機嫌とりをやっている。まるで道化だけど、もしかしたら世間的には、いっぱしの音楽好きのような顔で過ごせているのかもしれないし、あるいは耳がキャッチした空気の振動が、粗末な情動にしか結びついていないことなどとっくにばれているのかもしれない。そもそも音楽を愛するとはなんであろう。いったいぜんたい、どういうひとたちのことをいうんだっけ？

小学生のころ、ずいぶんと釣りをして過ごした。戎野《えびすの》くんという近所の友だちの父親が、大学で海洋調査をしていたことから小さな舟を持っており、なんどか夜釣りについていったことがあった。鯵や皮剝などを釣りあげた記憶よりも、港にもどるまえに魔法瓶の湯でカップヌードルをつくり、夏の夜風でこわばった肢体をぬくめたことばかりが思い出される。とはいえ、このような海釣りは年に数回で、たいていは裏山の暗い人工池で、ひとりわびしく天蚕糸《てぐす》をたらしていただけであった。寒風にふるえるすすきのむこうに錆びた工場が見える。護岸に腰かけ、落っこちたらはいあがれないような濁った緑色の水へ、恐るおそる針と糸を沈めて待つ。楽しかったのはたしかだが、はたしてなにがどう楽しかったのか、うまく説明できない。

一九九八年、釣りなどとっくにやめて、田舎の高校でバンドにいそしむようになっていた私には知るよしもなかったが、サックス奏者で俳優、そして画家でもあるジョン・ルーリーが監督した『フィッシング・ウィズ・ジョン』という、ドキュメンタリー風の釣り映画が東京で公開された。もともとは映画ではなく、九一年制作の六話からなるテレビ番組であり、これらは三本のビデオテープになっている。上京した私は、大学のサークルの先輩からそのうちの二本を借りうけ、すぐに虜になった。もはやコメディといってもいい『フィッシング・ウィズ・ジョン』の諧謔の奥底に、おそらく私は、池のまえでたたずんでいたころのなつかしい倦怠感や不安のようなものが流れているのをかってに感じとっていたのであろう。へらへらと笑って見ながらも、ほんのつかのま、当時のどんよりとした暮らしから、より高次の空虚さによって救いだされるような不思議な気持ちにつつまれたのだった。そんな本作がアップリンクからＤＶＤとしてリリースされていることを知ったのはつい先日のことである。ほんとうかどうかさだかではないが、

「今でもフィッシング・カルトムービーとして語り継がれている。そして、今回、ファンの要望により、この映画のＤＶＤ化が決定した」という惹句を見てなんだかうれしくなった。監督にはもうしわけないが、あの映画にちゃんとファンがいて、語り継がれていた、ということに。

ジョン・ルーリーが毎回いろんな友人をさそって、ふたりで釣りに行く。だが魚を釣ることに主眼はない。なんせ毎回ほとんど釣れない。だらだらとどうでもいい会話がかわされ、たいてい最後は無口になって釣竿をにぎりしめている。ホームビデオ並みの画質のどんよりとした映像にあわせて語られる「人生はすばらしい。呼吸するたび。そして日々思う。ああ、釣りはすばらしい」というお決まりのフレーズはなんど聞いても馬鹿ばかしくて、本作はもしかしたら釣りそのものがもつ、本質的な退屈さに焦点を当てているのかもしれない、などと考えたくなる。ロングアイランドの突端まで鮫釣りに連れてこられたジム・ジャームッシュは「なぜ俺は、ここに？」という心のエコーが止まらなくなり、ジャマイカまで行ったトム・ウェイツはひどい船酔いのあとも、ろくな魚が釣れず「最低だ」

と怒りはじめる。あげくウィレム・デフォーの回ではメイン州の氷原でブラウントラウトが一匹もとれないせいでふたりは餓死する。そして「やや！　ジョン・ルーリーは生きていた！」というナレーションではじまる最終話でも、ジョンはデニス・ホッパーとタイに幻の巨大イカをつかまえに行くのだが、イカの超能力によって眠らされて、あっけなく見知らぬ街にもどってくる。このようにほとんどの回で、みごとなまでに獲物を手にいれるカタルシスは延期され、いったい彼がなにを撮りたかったのか不明なままだ。だが観ているうちに、キャッチ・アンド・リリースを是とするのであれば、この時間と目的がまのびしていくようなむなしさに向きあい楽しむことこそが、釣りという行為の真の目的なのではないか、という気がしてくる。すくなくとも、その暇でつれづれなる時の流れを手なずけ受け入れないかぎり、釣りを生涯の友にはできないはずだ、と。釣れつづけるのが釣りじゃなく、釣れたり釣れなかったりする干満のはざまで、アングラーたちは退屈さを愛でる方途を見つけだすのである。これはあらゆる趣味や芸術に当てはまる教訓だろう。もちろんこの映画にも。

ある年の夏、店によく来る宮繁さんという釣り好きの大学講師と親しくしたことがある。宮繁さんには彼女がいて、店の開店当初から近くに住んでいる画家だった。彼女はアマゾンの箱についてくるA4サイズのボール紙に、アクリル絵の具でニコ・ピロスマニ風の肖像画を描いており、一度だけ私の店でも展示をしてくれたことがあった。宮繁さんとはその展覧会で知りあったのだが、初対面の彼は古いツイードのジャケットに手をつっこんだまま、ひまそうに丸眼鏡を宙にむけて、ひと言も声を発しなかった。数か月後、宮繁さんは彼女の家へ転がりこんだらしく、その日を境に、ときどき閉店まぎわの店に立ちよっては古本棚をあさるようになり、徐々に、院でニコラ・ド・スタールの研究をしていたことや週末はもっぱら友人と釣りをしていること、ゼーバルトを原書で読めるくらいドイツ語を学んだが、いまはフランス語の講師をしていることなどを問わず語りで教えてくれた。

ある日、緊張した老人のような、すこしふるえる細い手で木皿からおつりをひろいながら「すいません、今日はちょっとお願いがありまして。じつは同僚の研究の一環で、自営業者の話を集めてまわっているんです」といい、そして、予算もついた、ちゃんとしたやつなんで謝礼もでます、とすぐにつけくわえた。「いや、そもそもなにも考えずはじめた仕事ですし、役立つ話なんて微塵もないですよ」と断ったのだが、「文学部の定性調査なので、役立つ情報はむしろいりません。起業家ではなく、あくまでスモールビジネスを営む個人事業主に話をうかがっていくつもりです。といっても、私は全貌をくわしく知らないのですが……おそらく、今世紀にはいってからはじめた三十歳未満の店主を対象としていて、動機というか、アイデンティティの変化を調査したいのだと思います。だからむしろ、なにも考えずにはじめた、っていう部分をもうちょっとくわしくお聞きできれば……」とめげなかった。調査数にノルマでもあるのだろうか、宮繁さんは必死だった。

「そうだ。じゃあ、まえいってた夜釣りに行きませんか？　釣りメインで、ちょこっとボートのうえでインタビューさせてもらえたら」

「釣りですか？　ずいぶんやってないですし……いま、あの、いそがしいので」

「じゃあ時間できたら海まで行きませんか？　海がいやならそのへんをぐるぐるドライブしながらでもいいんです」

「車に乗って社会調査ってへんでしょう。閉店後のお店とか、もしくは近くで飲みながらとかじゃ、だめなんですか？」

「もちろんだいじょうぶなんですけど……じつはぼく、ひとと向かいあって話をするのが大の苦手でして。じぶんが運転する車のなかで、相手の話を聞くともなく聞くのが、性に合ってるみたいで」と、たしかにまばたきの多い目を虚空に泳がせたまま語った。

閉店後の午後八時きっかりに、店のまえに深緑色のミニクーパーがやってきて、左ハンドルの座席から宮繁さんは軽く会釈した。てっきり海に連れていかれると思っていたら、成田空港はどうですか、といってエンジンをかける。結果、彼の車には七、八、九月の計三回乗ったのだが、インタビューらしきものになったのは最初の一回だけだった。そのときはなにも気にしていなかったが、いまになってよくよく考えると、あれがほんとうに実在した学術調査だったのかわからなくなってくる。二度目の一色海岸では、なぜか私が彼の同棲がうまくいっていない悩みを聞くはめになり、そして最後は都内にある薬草酒で有名な洞穴のような店へ車を走らせ、酒を一滴も飲まずにハーブをつかった料理だけを口数も少なく食べたあと、家まで送りとどけてくれた。私が謝礼を受けとらなかったかわりに、ごちそうしてくれたのだった。いつも家に着くのは真夜中をまわっていた。

車のオーディオにはカセットテープのデッキだけがついていて、ダッシュボードのなかには十数本ほどのカセットが、本やキーホルダーや万年筆などといっしょにごちゃごちゃになって入っている。運転しながら右うでをのばし、器用に指先がふれた物から順ぐりにデッキに入れていく。ケースにほとんど情報が書かれておらず、いまアルバム名まで思い出せるのはフランク・ザッパの『ジャズ・フロム・ヘル』だけである。あとは南佳孝があの粘っこい声でスタンダードを歌うやつ、「フリー・ソウル」シリーズからおそらくでていたカーティス・メイフィールドのベスト、不安になるくらい長い交響曲、民族音楽、レコードから録ったとおぼしき戦前の歌謡曲、ＣＤのスキップ音やフォーン端子とジャックの接続音のようなものが入った電子音楽、ブリットポップ、多重録音されたジャズのソロピアノ、あれやこれや……。クーラーがこわれて窓を開けはなった狭い車のなかで、古いテープのくぐもった音の響きに守られながら夜を移動していく。車中は、思春期に『モンド・ミュージック』や『スタジオ・ボイス』のＣＤレビューにいちいち印をつけて、音楽好きたるもの、古今東西、メジャーもマイナーもあらゆる音楽を聴いてそのすべてを愛さねばならぬ、という九〇年代の一部のサブカルチャーがもっていた倫理観というのか、高みに登って目を凝らせば、音楽という世界全体を眺望できると思っていた最後の世代の幻というのか、病というのか、そういうおなじ時代の抑圧のなかを彼も生きてきたんだ、という不思議な同胞意識につつまれていた。もしかしたら、もう彼も家では音楽を熱心に聴いていないのかもしれない、とさえ思った。

ひとはじぶんの青春時代の価値観を、たやすく普遍的なものだと信じこむくせがある。音楽の全方向的な聴き方、それがいかに九〇年代的であったか。音楽だけじゃない。あらゆる事物をカタログのように知りたいという時代の欲望は、店をはじめてからは音から雑貨へとひきつがれていったのだ。宮繁さんのごちゃごちゃのダッシュボードにつめこまれたカセットテープとおなじように、なんだかよくわからない雑多なセレクトの店となっていき、あげく雑貨化がどうしたこうしたとマッチポンプ式に騒いでいるだけなのかもしれない。そう思ったとき、やるせない気持ちにおそわれた。

八月の海を見ながらドライブをした帰り、ふたりは葉山のファミレスによって、街灯に青白く照らされぴくりとも動かない椰子の木を見ながら、言葉少なにハンバーグを食べていた。若者がひとり、駐車場でスケボーの練習をしている。「車でカセット聴くの、なんかいいですね」と伝えると、残念そうに「引越し先がせまい家だったんで、愛用のCDラジカセ捨てちゃったんですよ。馬鹿な話ですけど、もう録音ができないことに捨ててから気づいたんです」といいながら、やはり視線は私の顔を避け、窓外の闇をさまよっていた。スケーターは練習に疲れたのか、大きなヘッドフォンをつけたまま縁石に腰かけていた。見えない音の流れが、無風のアスファルトのうえで若者の首をゆすっているのがわかる。

その翌日、私は夢中になって、二本の映画音楽を選び長尺のカセットテープのA面B面に録った。無邪気に、じぶんの店と宮繁さんのダッシュボードをつなぐような想像をしながら。そして、これを次回会うときのプレゼントにしようと思って鞄にしたためたのだが、翌月になって実際顔をあわせてみると、急に子どもじみた、見当ちがいで押しつけがましいことをやっているような不安にとらわれ、結局、なにも話しだせないまま帰途についた。家まで送りとどけてくれた別れぎわ、彼は「毎年、十月になったら岩手の北上川に旅行します。といってもおもにシーバス釣りですけど。花巻に大学の保養所があるんです。ぼろい山小屋なんですが、ちょうど賢治のイギリス海岸から車で南東に二十分くらい行ったところに。夜の川釣りもおもしろいんですよ。風や草木の音が昼間とちがって聞こえてきます。もしよかったらこの車で案内しますから」といって窓からだした左手でミニクーパーのドアを叩いた。私はおどろいて、しばらく答えに窮した。なぜそんなふうに感じたのだろうか、彼のために『銀河鉄道の夜』のサントラを嬉々としてダビングしてきたものの、恥ずかしくなって渡せないでいる一部終始がばれていたのだ、と錯覚したのだった。もちろんそんなはずはなく、カセットはだれにも知られることもなく鞄に入ったままであった。はやく渡さないと。しかし時はすでにおそく、動揺しているあいだに「じゃあ」といって車は走り去っていく。

同棲が解消されたことを肖像画の絵描きから聞いたのは、宮繁さんの音信がとだえた数週間後のことである。しばらくのあいだ、別れぎわの私の家のまえで、あるいは薬草酒と古いアブサン・グラスが棚にならんだ穴蔵のような店で、あのカセットテープを手渡していたらいまも交友はつづいていたのだろうか、などと考えることがあったけれど、気づけば画家とも疎遠になり、深緑色の車で通り過ぎた夏の記憶も薄れつつある。

聖なる箱

「慣れ親しんだ物は、多かれ少なかれ、体や心のように、自分の一部になってしまう。戸を開けたままにしておくと、家は氷のように冷たくなってしまった。もう、鼓動も打たない。／ぼくたちの家が死にかけているようだった。／荷物を運びだせばだすほど、家は悲しみでいっぱいになっていくように思われた」ロバート・ニュートン・ペック著／金原瑞人訳『続・豚の死なない日』（白水社）

私がシェーカーというものにはじめてふれたのは大学のころ読んだロバート・ニュートン・ペック著『豚の死なない日』（白水社）である。いつも白い上下のスーツを着てキャンパスをうろつく社会学部の教授がいて、あの変態っぽい先生はなに者なんだろうと、彼の授業をうけていた友人の家に遊びに行ったときにたずねたら、「知らないの？　有名な翻訳家だよ、いたってまともな。これ、むかし課題図書なんかで読んだんじゃない」といって本棚からとりだしてきたのが同書と、その続編であった。

百年くらいまえのアメリカ、ヴァーモント州ラーニングという街のはずれに暮らすペック一家の愛と貧困の物語。作者と同姓同名の十二歳の男の子が主人公で、続編の途中でちょうど世界恐慌に見舞われることから推測すると、一作目は一九二九年よりすこしまえの話であることになる。豚の屠畜を生業としながら牛や鶏を育て畑をたがやす敬虔なシェーカー教徒の父、料理上手で慈悲深い母、その息子ロバートと子豚の交流……などと書くと、まさに青少年読書感想文全国コンクールにぴったりのストーリーだけれど、ところどころ、貧しさにあえぐひとびとがただ生きていくこと、つまり腹を満たしたり性愛をもとめたりすることの余儀なき悲しみであふれている。家畜たちのはげしい交尾、豪雨のなか殺された赤んぼうの墓を掘りかえす男、屠《ほふ》らざるをえなかったペットたち……。こうやってあらゆるものを失った少年は父の葬儀の日、とつぜん着ていた服を床にたたきつけたあと、神に語りかける。「貧しいってことは地獄です」と。

『豚の死なない日』を読んだ二十年後、『脱文明のユートピアを求めて』(筑摩書房)という一冊の本が訳出された。原題は「風変わりな集団」。一九七六年に初版がでて、二〇一一年に第九版を数えた同書は、アメリカの消費文明から逸脱していった十の宗教団体について、その歴史や組織の構造、信ずることのインセンティブやアイデンティティ、経済的基盤や外部との訴訟内容などまでを、しっかりとしたデータ収集とフィールドワークにもとづいて調べた研究書である。いままでアメリカの六百以上の大学で、宗教社会学の教科書として採用されてきたらしく、同書はシェーカーを客観的な見地から記した日本で唯一といってもいい学術資料だ。

この『脱文明のユートピアを求めて』を読んでまっさきに気づいたのは、ペック家の信仰のありかたが、現実のシェーカーとだいぶちがうという点だ。まず第一に、シェーカーは男女のまじわりをゆるさない。独身主義が徹底され、たがいに体にふれることさえ禁じられていた。男と女はべつべつの棟に暮らし、集会所にもたいてい入口がふたつある。つまり家族の物語をつむぐ余地など、どこにもないのだ。そして彼らは外界との接触をさけるべく「ヴィレッジ」と呼ばれるコミューンを形成し、そのなかで高度な自給自足をいとなんだ。またシェーカー教では鼠退治の猫以外、ペットを飼ってはならなかった。豚なんてもってのほかだ。じゃあ、ペック家はいったいシェーカーとどういうかかわりをしていたのか。仏教でいうところの在家の信者みたいな制度が、シェーカーにもあったなんて話は聞いたことがない。ペック家は日曜日の朝、かならず一家でミーティングハウスへ礼拝に行くのだが、かんじんなコミューンの存在についてはいっさいふれられていない。というよりヴァーモント州にそもそもヴィレッジはないはずなのだ。ついでにいえば、物語の舞台となったラーニングという街も実在しない。

さらに小説ではことあるごとに、『シェーカーの書』に記されているというユーモラスな警句がでてくる。豚と牛をいっしょに寝かせてはいけない、日曜日に野球の試合に行ってはいけない、人間をロープといっしょに埋葬するのはよくない……などなど。でもこのような書物が教団で流布していたのかは不明である。しかも読み書きができない父は『シェーカーの書』のエクリチュールをまったく知らないはずなのだが、すべてが書かれていると強く信じている。私はどんどんと切なくなってきた。あるときロバートは父に「どうしてぜんぶ書いてあるってわかるの?」とたずねる。すると父はこう答える。「わしは字が読めないぶん、いっしょうけんめい聞くんだ。今を逃したら二度と教えてもらえないんじゃないかと思って、な」

気づけば、彼らは正式なシェーカー教徒ではなかったのではないか、という考えが頭をおおってはなれなくなった。『脱文明のユートピアを求めて』にも、シェーカーからの脱会者が比較的少なかったのは入会の際に長老によるきびしい審査と教育があって、だれかれかまわず受けいれたわけではなかったからだ、と書かれてある。おそらく父はコミューンのそとがわで、じぶんが敬虔なシェーカー教徒だとかたく信じながら祈っていただけなのだ。日毎に食べる物がなくなっていく困窮した暮らしのなかで、一家は肩よせあって生き、その渦中で父は死をむかえる。最後までシェーカーとは似ても似つかない教義を信じて……。こんなふうに『脱文明のユートピアを求めて』でシェーカーの知識をえたあと、かってな想像をまじえながらもういちど『豚の死なない日』を読みかえしてみると、ペック一家がたどる運命には胸に迫るものがあった。いったい信仰とはなんであろうか。

あとがきまで読み終え顔をあげると、休日の店内いっぱいに黄昏の光が注がれており、私は自然と、ほうぼうの棚に散らばっているシェーカーのかけらを目で追った。オーバル・ボックス、ペグボード、共同体の地図がついたパンフレット、シスターの寝室や大食堂を写したポストカード、博物館の入場券の切れはし、円柱形の石積みの納屋が描かれたタイル……。みな、アメリカ東部にあるヴィレッジのどこかしらから地球を半周してここへやってきた流れ者たち。なかには、アーミッシュによるのっぺらぼうの人形やキルトのパッチワーク、メノナイトのやはり顔のないひなびた動物のぬいぐるみなどもあった。それらは値札をぶらさげられたすがたで、だれかに連れ帰られるのをおとなしく待っていた。

日本人がシェーカーについて深く知るようになったのは、藤門《ふじかど》弘氏という稀代の木工家が『シェーカーへの旅』（住まいの図書館出版局）を上梓し、セゾン美術館で「シェーカー・デザイン」展を企画した一九九二年からだといわれる。『脱文明のユートピアを求めて』がでるまでの二十年間は、シェーカーについて知りたい者はもれなく、この洗いたての木綿のように実直な旅行記に頼ってきたようだ。なにせ十九あるうち半分以上の共同体をレンタカーなどをつかってまわり、出会ったひとや育てている作物、家具のこまかい意匠、建物につかわれている素材や工法などを丹念につづった労作である。こういった氏の積極的な紹介がなければ、われわれがシェーカーという、この濁りきった浮き世で性愛を介さず、信仰と労働と美の調和をめざした奇跡の集団を知るのは、もっとずっとあとになっていただろう。『豚の死なない日』の翻訳でも、シェーカーに関するぶぶんは彼のエッセイを参考にしたむねが、あとがきでつづられている。

そんな藤門弘氏は一九四六年、上海で生まれた。七三年に立教大学のヒマラヤ登山隊に参加し、下山したのちはインドをふくめたシルクロードの旅にでる。帰国後すぐに飛驒で家具製作の工房をかまえ、しばらくするとふたたび世界各地の周遊をはじめた。氏がアメリカでシェーカーとの運命的な出会いをはたしたのは、おそらくこの時期である。そして八三年、彼らのような高度な自給自足をめざして北海道の余市《よいち》郡へ拠点を移した。バブルへとむかう都会をはなれ、まさに神なきシェーカー教徒として、羊を飼い、林檎やハーブを育て、モダニズムをさきどりしたような飾りけのない家具を精巧に再現しながら生きる。今世紀初頭の田舎暮らしブームから見れば、元祖といってもさしつかえない氏の清廉な生き方は、私より少しうえ、九〇年代はじめに青春をすごした世代の一部に大きな影響をあたえたようである。貨幣経済の煉獄から逃れ、自然ゆたかな地方に移り住んで店をはじめる、という求道的で商売っ気の薄い自営業者たちの系譜というものをつくったのだ。私もむかし、藤門夫妻が翻訳したジョン・シーモアの『完全版 自給自足の本』（文化出版局）をバイブルとして山村に移住したという作家や料理人に会ったことがある。彼らは藤門氏の著作からさらにさかのぼって、十九世紀イギリスの湖水詩人たちやアメリカの超絶主義者たちの書誌へとたどり着き、それらをお守りのように愛している点で共通していた。

とはいえ社会全体を見渡してみれば、九〇年代以降の世のなかでシェーカーに関心をよせる者など、まだほんのひとにぎりの特殊な人間しかいなかった。その状況が劇的に変わったのは、私が店をはじめて数年経った二〇一〇年代になってからである。

二〇〇四年は『ソニアのショッピングマニュアル』(マガジンハウス)という、雑貨カタログのひとつの完成形ともいうべきシリーズの出版が開始された年であるが、マルタン・マルジェラのコートから紙パックの豆乳まで、ハリー・ウィンストンの指輪から街の薬局で手にはいりそうな歯みがき粉まで、人気スタイリストのソニア・パーク氏が一冊につき百の商品をえらび、すべてを一律にならべてデータと解説をつけたそれは、革装のような紙に金の英字がほどこされた洋書風の装幀もふくめ、雑貨化した書籍というものの特質をあますところなく体現していた。そのシリーズの一冊めで、彼女はイギリスの家具メーカーがつくるシェーカーの木箱を紹介し、「究極のミニマリズム生活から生まれたシンプルでモダンなスタイル。それがシェイカーズスタイル」とつづっている。さらにもうしばらくすると、藤門氏の意思を継いで、といってもいいのだろうか、とある日本の木工家がつくったシェーカーの伝統的な道具箱、オーバル・ボックスがファッション系のメディアで喧伝されはじめ、このころから「シェーカー」という言葉は徐々に一部の雑貨好きのあいだに広まっていった。おどろくなかれ、その数年後にはシェーカー教徒についてネットで調べてみると、「ミニマリストがあこがれるシェーカーの暮らし」といったまとめサイトを筆頭に、彼らのヴィレッジを撮った写真集はシンプルな内装デザインを指南してくれる最上のインテリア雑誌です、選びぬかれた物だけをおくライフスタイルは数百年まえのシェーカーの精神とつうじているのかもしれません、といった記事が山のようにでてくるようになった。

画像検索に切りかえてみても、もはやそれが観光客が撮った共同体の部屋なのか、うまくトレースされた現代の雑貨屋なのか、あるいはそれらに恋こがれてよぶんな荷物をあらかた運びだしたひとびとの自室なのか、区別ができなくなっている。シェーカーの暮らしは、道具単位でいったんばらばらに解体されて、七面倒な教えをすべて漂白したあと名前と値段をタグづけし、ふたたび清掃されたホテルの部屋のようにきれいに復元されていった。だから信心のない私には、どれもおなじようにしか見えない。そしてあらゆるショッピングサイトが、彼らに近づくとっかかりとしてオーバル・ボックスを生活にとりいれてみることをすすめていた。装飾をきらったシスターたちとは無縁の、化粧品や宝飾品をいれる便利な収納ケースとして。

藤門氏は八〇年代なかごろに頻繁におとずれるようになったアメリカ東部の旅のなかで、おのれの信じるものをなんども内省する。サバスデイ・レイクでは、あるブラザーに「シェーカー家具はシェーカー教徒が作るものだよ」といわれて口をつぐみ、カンタベリーという名の共同体でも、そこで八十年以上生きてきたシスターの手をにぎったあと、信仰や祈りや魂の問題について深い関心をもってこなかったじぶんを深く恥じいる。またプレザント・ヒルの信徒の住まいを改装した快適なホテルのベッドのうえでは、この部屋をかつてつかってきたたくさんの老若男女に思いをはせながら、こんなふうに書く。

「彼らはここで何かを感じ、何かを考え、そしてさまざまに迷ったり悩んだりしたのだろう。二〇世紀も末となったいま、部屋には快適なベッドが置かれ、テレビまである。そしてそこには遥か極東の国からやってきた自分が寝転がっている。こんな事態はもちろん教徒たちの想像をはるかに超えたことだろうし、もしかしたら彼らには非常に残念なことなのかも知れない」

シェーカーの暮らしから、神や性愛にかかわる核となるぶぶんを切りはなし、残りの気高い自給自足というものを尊んだ藤門氏のロール・プレイと、今世紀になって、信徒にあこがれた消費者たちが興じるロール・プレイのちがいを、私ははっきりと腑分けできない。業者から届いた信仰の破片をせっせと売りさばいてきた雑貨屋の私に、そもそもだれが正しくて、だれが正しくないのかを決める資格などないわけだから。だけど両者のあいだに、みずからのおこないを自問する人間とそうじゃない人間がいたということだけは、忘れずにいたいと思う。

べつのポートランドで

「うまい反逆方法を考えるにも、この街では難儀する。広告代理店や資本主義的アルチザン会社、ローカル週刊紙は、誰かが人の注意を惹きつけようものならすぐさま取りこんでしまうからだ。アンダーグラウンドのムーブメントはキノコに似ていて、成長するには冷暗な環境が必要だ」エリック・アイザックソン著「気難しく、意地悪で奇妙、美しい本物のアンダーグラウンド音楽」(CD『サッド・ホース』ライナーノーツ所収、スウィート・ドリームス・プレス)

多くの場合、多様性にひらかれた都市について語るということは、そのひとが見たいものをその都市のなかに見つけることだ。たとえば、あるひとにとって便利で安全で楽しい街は、べつのだれかにとって醜悪で不自由な街だったりする。その逆もしかり。よって、これから語る「ポートランドという都市をめぐるブームの興亡」なんて題目も、私の好き嫌いにもとづいた、ひとつのちっぽけな価値観の表明にすぎない。おそらく「ジェントリフィケーション？　安全できれいな街になるんだし、いいじゃない」という言葉のまえで、すぐさま立ちすくむことになるはずだ。ひとは都市に見たいものを見る。眼に映るどれもが真実であるならば、いま都市を語ることは、なんとむなしい営みなんだろう。

オレゴン州ポートランド、それは私がよく知る雑貨の界隈において、今世紀にはいってしばらくして発見されたフロンティアだった。見つけられてから十年くらいたつとポートランドはアメリカでもっとも環境とひとにやさしくて平等で自由で創造的でDIY精神に富み、なによりお洒落な、つまり理想のリベラルな都市として光が当てられた。そんな場所があろうはずもなかったが、あらゆる先進的な市民運動のこころみや企業誘致の成功談にまぎれて、レコード、コーヒー、古書、ZINE、自転車、クラフトビール、スケートボード、活版印刷……といった、すぐにでも雑貨化できそうなスモールビジネスの活況が漏れつたわってくると、雑貨界は動いた。この商機をのがすまいと、たくさんの輸入業者が二〇一〇年ごろから本格的にポートランドへのりこんでいって、さまざまな工房やメーカーを訪ね歩いては契約書をかわし雑貨を仕入れてくる。保存のきく食料品を中心に、キッチン用品、工芸、服飾、美容、ハンドプリントしたあれやこれや……かならずパンフレットにはエコだのＤＩＹの手仕事だのと書いてあって、髭をはやし腕にタトゥーがはいった職人が、無骨でさっぱりした工房で物づくりにいそしむイメージ写真がついていた。いまでも謎なのは、商品名の多くに、長体のかかったフェルトペンで手書きしたような英字フォントがつかわれていたことだ。あれはなんだったのだろうか。しかもよく見るとポートランドとは関係ない、カリフォルニアのセレブたちに愛用されている健康グッズや、ニューヨークの高級店に卸されているというふれこみの生活用品なども、みんないっしょくたになってパンフレットに掲載されていた。もちろんあの謎のフォントをつかって。どうせアメリカ国内での産地のちがいなんてわからないだろう、ということなんだとそのとき理解していたが、もうしばらくすると、ヒップなアメリカ風雑貨をアジアで自社生産するところもでてきて、ますますカオスになっていった。
そんなこんなで、いまやポートランドの雑貨をあつかうメーカーは腐るほどあるわけだが、私はブームが萎えてきた現在でも、そのうちの一社の営業マンのことが忘れられずにいる。男はポートランドに出張に行ったあと、雑貨界からすがたを消した。

割烹着を着たおばあさんが、江戸の茶運び人形みたいな足どりで、黒々とした玉こんにゃくを運んでくる。驚くほど暗い店内に目がなれてくると、お通しの玉こんよりもさらに黒い重厚な木のカウンターがコの字型にあって、ほぼ満席であることがわかった。そのまわりを日本民藝館にでもならんでいそうな漆塗りの棚や大ぶりの雑器が囲んでいる。老舗っぽいのだが、でもなにかがおかしい。抽象的なジャズピアノが天井の瓢箪から流れ、トイレの入口には小さな提灯と「厠」と染めぬかれた暖簾がかかっていた。コンセプトがしあがりすぎている。この店はできて間もないはずなのに。

「店主の息子は厨房にいるんです。で、割烹着を着てるおばあさんが彼のお母さん。でもほんとうのお母さんなのかわからない。友人によれば、実母という設定の、コンセプチュアルな、パートのおばあさんだって噂です」

「コンセプチュアルな、パートのおばあさん？」

「そう。先代がやってた居酒屋を、ベルギーだかスイスだかに留学してた息子が継いだんです」

「なのにフレンチじゃなくて和食なんだ」

「料理ではなく、経営の大学に通ってたらしくて」

「なんで息子に、そんなくわしいわけ？」

「友人が先代の居酒屋で料理人してて、帰国した息子に解雇されたんです。だから、そいつからいろいろと。居酒屋では、お母さんなんて一度も見たことなかったって」

　BGMがピアノに電子音と虫の音がはいったアンビエントに変わった。雑貨の輸入代理店で営業をしている石木には、三年前から店でおせわになっていて、そのモデルのような背格好の男のはれぼったい下唇にはうっすら白い傷があった。年に一、二回のペースでこうやって会って、彼の会社の経費でおもてむきは雑貨界の情報交換をしたり、新入荷した雑貨をどこよりもはやく仕入れさせてもらったりしている。どこよりもはやく、なんてきっと嘘なんだけど。私より五歳くらい若い石木はずいぶんもてるらしく、会うとだいたい女の話ばかりしていて、去年は、いまよりもっと寒い季節に軍鶏の鍋をつつきながら、長くつきあった彼女とはやく別れて職場の女の子とつきあいたい、と打ちあけられた。どうなったんだろう、彼女とは。だが、ちょうど日本で流行りはじめていたポートランドの出張からもどってきたばかりで興奮していたのか、その夜の石木は女の話をほとんどしなかった。

「ポートランド、ぜんぜん雰囲気ちがいましたよ」

「やっぱ雑誌で喧伝されてるイメージとちがうんだ」

「いや、そのイメージはいっしょなんです」

「え？」

「ちがっていたのは、グーグルストリートビューのイメージで。ほら、事前にこっちで、おたくの雑貨を輸入させてください、って営業したいメーカーさんとか工房とかに目星つけて行くじゃないですか。で、グーグルマップにピン打って、ストリートビューでひととおり歩いてみたんですよ。ダウンタウンのホテルから出発して、ピンとピンのあいだを、こうクリックしてぐんぐん」と石木は私の目を見すえたまま、招き猫みたいに手を動かした。

「でもグーグルカーで撮影された風景って、だいたい春か夏なんです。なぜかわかんないけど。で、行ってみたら、ぜんぜんちがうんですよ。光も弱くて、道はどこもかしこも落ち葉で埋まってて……」

そういうと石木は日本酒をあおり、お猪口をもったまま目をつぶった。「カナダに近いオレゴン州なんでしょ? 秋のオレゴンなんて気持ちよさそうだけど」と聞いてみたが返事はなく、しばらくするととつぜん「ところでグロサリーって知ってます?」といった。

「小さなスーパーみたいなやつ?」

「いや、カルディからキューバ音楽をぬいて……もっと洗練されたようなやつです。これからグロサリーきますよ」

石木は大きなあくびをした。寝不足なのだろうか。カウンターのうえの甕に生けられた蠟梅の枝を物珍しそうに見ながら「ほんとうの定義は知らないですけど、お洒落な食料雑貨店っていうんですかね。ポートランドにも、いろんな店にジャムとか焼菓子とかティーバッグとか日持ちする食品をあつかったスペースがあって。そこを視察してたら、いずれ日本でもあらゆる店に食料雑貨の売り場がくっつく日が想像できましたよ。本屋にコーヒースタンドを併設するのとおなじ感覚で」といった。

「みんなブーランジェリーだのブラッスリーだの、横文字好きだね。雑貨界のつぎなるターゲットは、グロサリーを和製外来語化してブームをつくるんだ。そして石木さんはポートランドで、お洒落な食料品をしこたま仕入れてきたと」

「そうです」

「つまり、今日はそれを買いませんか、って話だよね」と笑った。

「いや、もう買わなくていいっすよ」

「すこしは買うよ」

「いいですよ。今月でぼく、会社辞めるんで。だからこれが最後の挨拶です」と石木は困ったような笑顔をつくって、またあくびをする。「どういうこと?」という私をおいて石木は立ちあがり、トイレの暖簾をくぐった。


遠くで銃声が鳴ったような気がして、石木はイヤホンをぬいて少し身をかがめた。しかし、ひとびとはなにごともなく落ち葉をふみしめ、暗い林道を行き交っている。ポートランドはアメリカでもっとも犯罪が少ない街なんだから、といいきかせて近くのベンチに座りなおし、たしかひとにも環境にもやさしいと書いてあったではないか、とガイド本を膝にのせてぱらぱらめくってみたが、かたむいた日差しのなかでもう字を追うことができなかった。目のまえの針葉樹にかこまれた広場には、馬にまたがった男のひなびたブロンズ像があり、なぜか石木の頭には、故郷の北海道大学の植物園が浮かんだ。植生が似ているのもあったが、日が落ちるころに手持ちぶさたで座ってる感じが、小学校のころ、授業が終わり親類の家で時間をつぶしたあと、植物園の冷たい縁石で母を待つじぶんをひきよせた。札幌の女子高校を卒業してからずっと道庁につとめつづけた母は、石木がいまの会社に就職してすぐに心疾患で亡くなった。ふたたびイヤホンを耳にいれる。目だけ知らない風景を見て、耳は日本にいるときと変わらない音楽に満たされていると、じぶんがいまなにをやっているのか一瞬わからなくなった。そろそろ今日最後の営業先であるレコードショップにむかう時間だった。腰をあげ、公園の坂をくだる。途中に、もの派の作品のようなCの字に湾曲した巨大な石板があって、ワシントン公園にきて一枚も写真を撮っていなかったことに思い当たると、なんとなくスマホのシャッターボタンを押した。

去年、石木は十年ちかくつきあった彼女と別れてから夜にうまく眠ることができなくなった。眠りにつく瞬間、不安な気持ちが押しよせるのと同時に、かならず青白い光がまぶたの奥をふっと横切り目が覚めてしまう。市販の睡眠薬を飲みはじめたころ、その副作用による錯覚なのだと思うが、ときおり通過する光のなかにとどまることがあった。ある夜、石木は真夜中の住宅地の路上で空からまぶしいスポットライトに照らされて、その謎の光源を見上げたまま突っ立っていた。気づくとさ、そんなじぶんのようすを遠くからおれ自身が見てるの。あたり一帯が霧におおわれてて、家の窓枠とか芝生とか車のバンパーの感じから、じぶんがいまアメリカにいるってことを自然と受けいれていて……わけわかんないでしょ？ 友人にそう話すと、ぜったい石木は宇宙人にさらわれたんだって、なんか最近へんだもん、と笑われた。「てか体調だいじょうぶなの？」。日に日に、なにかによりかかることなしに立てなくなっていった心は、友だちが口走った突拍子もない考えにさえ手をのばして、ふらふら近づきたがっているみたいだった。青白い光が通り過ぎて眠れなくなった真夜中に、じぶんは一度どこかで宇宙人にさらわれたのかもしれない、とベッドのうえでうずくまることもあった。石木は彼女と別れてすぐに、まえの会社で上司だった女と付き合いはじめたが、不眠のせいか、もともとそうだったのか、退屈なデートをくりかえしているうちに連絡がとだえてしまった。もうふた月以上も声を聞いていない。

石木が会社を辞めたあと、彼が販路を切りひらいた雑貨を後任の黒岩という男からしばらく買っていた。輸入された食品はラベルが貼りかえられていて、でかでかと「メイド・イン・ポートランド」と書いてある。無農薬でフェアトレードで環境負荷も少ない、それがポートランド流、ということなんだろうけど、もちろん雑貨脳をわずらう私にだって、地上にそんな楽園が存在しないことぐらいはわかっている。なぜなら私の店には、ブームのまえからポートランドを見知っていたお客が少なからずいたからだ。彼らはみな世界中のインディ音楽の愛好家で口々に変わりゆく街を嘆いていた。ノーフォーク&ウェスタン、ユメ・ビツ、マイケル・ハーレー、ジャッキー・オー・マザーファッカー……いろいろ教えてもらったけど、どれも知らないミュージシャンばかりだった。近所の同業者にたずねると「いやいや、ポートランドといえばポイズン・アイディアでしょう。八〇年代には独特なハードコアの文化が根づいてた街なんですから」とうれしそうに断言した。

「そういう情報って、どうやって集めたんですか？」

「レコードっすね。あとは……雑誌とかZINE。ネット以降でも、ポートランドには『キンフォーク』っていう雑誌があって。もちろん現地のやつですよ。日本版なんて読んだことないんで」

なんだかまるで、時流とは関係なく音楽を聴きつづけてきた彼らの記憶をつなぎあわせていくと、ポートランドの自由なエートスが音楽の瞬間瞬間にだけ宿り、生きながらえてきたような気がしてうれしくなった。とはいえ、それもたくさんある偽史のうちのひとつにすぎない、という可能性を考えはじめると頭は混乱し、めんどうなことから逃れるように「ポートランド」と刻印された革小物やレターセット、スーパーフード入りのオーガニックなグラノーラなんかをせっせと売りつづけた。


ちょうどひまだった時期に、私はポートランドを特集した雑誌や本を過去にさかのぼって調べたことがある。ざっと出版年を見渡すと、日本におけるブームのピークは二〇一五年ごろかもしれない。『ポパイ』（マガジンハウス）が特集「ポートランドに行ってみないか？」をだしたのが二〇一四年。この深いところから浅いところまでバランスよく調べあげた、ある意味ひとつの完成されたポートランド案内がでた翌年に、『スペクテイター』（エディトリアル・デパートメント）の「ポートランドの小商い」が発刊されている。当時すでに他州からの入植により地価も上昇し、貧しいアーティストたちは徐々にべつの街へ脱出しはじめたころらしく、あえて、そんな商業主義に対抗する意味で「小商い」という朴訥とした言葉をつかったのだと思われる。先行する街のマスイメージを払拭するかんじで、自営業の舞台裏に徹底して密着したまじめな記事ばかりだった。

じつは『スペクテイター』は二〇〇九年十二月にも「フロム・オレゴン・ウィズ・ＤＩＹ」という特集をやっていて、これは雑誌におけるポートランドの紹介としてはかなりはやい部類のものにはいる。前口上からして六年後のものとはトーンがちがっていて、新鮮なおどろきに満ちている。どうせ七〇年代にカリフォルニアあたりからやってきたヒッピーたちの時代錯誤な街だと思って行ってみたら、ニューシネマの舞台に迷いこんだかのような時間のとまった街に、先進的で自立していて反権力的でＤＩＹ精神をもった変わり者たちがいっぱいいたぞー、という無邪気な興奮がつたわってくる。この一度めの純朴さは、その後の苛烈なブームのなかで失われていき、だからこそ二度めの「ポートランドの小商い」は、その隆盛に関わってきたメディアとしてのけじめだったのではなかろうか。

さらにちょびっとさかのぼった二〇〇九年十月、スウィート・ドリームス・プレスという知人の音楽レーベルから『オレゴン州ポートランドの音楽と人とレコード』という小冊子がでている。そこに登場するのはマニアックな地元ミュージシャンがほとんどで、残りもレーベルオーナーやレコード店主といった音楽関係者ばかりだ。よって、ずいぶんひねくれたインタビュー集になっていておもしろい。日本ではまだ各分野の好事家たちだけが知る街だったが、アメリカにおいてはトレンドの発信地としてすでに注目されだしていた時期で、その数年前にブティックホテルの代名詞ともいえるエースホテルが中心街にできたころを、いまとむかしをわける境目だと考える住民もいるようだった。『オレゴン州ポートランドの音楽と人とレコード』では、前述のジャッキー・オー・マザーファッカーというバンドの中心人物であるトム・グリーンウッドが、「ポートランドの悪いところは？」という質問に「多様性の欠如」や「エンターテイメント産業がポートランドに進出して、クリエイティブ・ヴァンパイアがたくさんやってきたこと」などをあげている。先日、スウィート・ドリームス・プレス主宰の福田教雄さんに「日本ではかなり初期のポートランド特集だったと思いますけど、これよりまえにポートランドを特集した雑誌って知ってますか」とたずねてみた。「あれをつくったときは情報源がほぼなくて」とすこし考えたあと、「あるとすれば文芸誌だけど『コヨーテ』のオレゴン特集ぐらいかな、レイモンド・カーヴァーとかガス・ヴァン・サントとか」と教えてくれた。

さっそくとりよせた二〇〇八年六月号の『コヨーテ』（スイッチ・パブリッシング）の特集名は「ゴー！　ゴー！　オレゴン」。野村訓市氏による、あのじつにケルアック的な濃厚な文章ではじまっていて、なんだかなつかしい気持ちになった。野村氏は二十代をバックパッカーとしてすごし、九〇年代の東京において、もっとも洗練されたかたちでストリートにヒッピー文化を注ぎこんできた張本人であろう。彼が主催した真夜中の辻堂海岸のイベントに、学生だった私も毎夏通った。サークルの先輩のシュガープラントというバンドを見に行くのが目的であったが、田舎からでてきた私にとっては、バックミンスター・フラーの小型ドームやスケートランプのある浜辺で、故郷の海とはまったくちがい、轟音でうねりつづける真っ黒い太平洋を見ている時間が夢のようだった。同誌では、そんな野村氏が「ビートからは遅すぎ、ヒッピーには早すぎたミッシング・リンク」としての作家、ケン・キージーをめぐってオレゴン州を旅していく。

かつてサマー・オブ・ラブに熱狂したカリフォルニアの若者たちの一部は、時代の変遷とともに浮ついていったシスコやロスを捨て、北へ北へと、つまりオレゴンの大自然のなかへとわけいった。ビートニクからヒッピーたちをへて、アメリカのあらゆるインディペンデントな芸術に流れこむ自由な精神の栄枯についてもふれながら、野村氏がポートランドに着き、映画監督のガス・ヴァン・サントに会う約束をとりつけたところで最初の記事が終わる。ページをめくると、つづいてポートランドのアーティストたちにとっては守護天使ともいえるガスのインタビューがはじまり、それをゆっくりと読みながら気づく。ちょっとまえまでの私にとって、ポートランドの印象といえば、高校時代に背伸びしてなんども見たガスの『マイ・プライベート・アイダホ』だったことに。最近まで、その一作しか知らなかったのだ。

いま私は、あの浮浪者と男娼と泥棒がたむろし、荒廃し、ドラッグや暴力や差別にあふれた街並みをフィルムに焼きつけた三十年まえの映画と、そういったヒッピーたちのミームを忘れまいとする十年ちかくまえのいくつかの雑誌、それらを忘れていった後追いの雑誌、そしてフェルトペンの手書き文字と雑貨にかこまれた能天気なパンフレットのあいだを、さまよっている。すると、店を開店してまもないころ、とある知人の男が冬のフィンランドに古道具を買いつけに行ってたいした仕入れもできずにもどってきたとき、街がずいぶんちいさくてびっくりしましたよ、暗くて地味で『かもめ食堂』の影なんてどこにもなくて、アキ・カウリスマキの『過去のない男』みたいでした、と話してくれたのを思いだした。

おそらく私も彼とおなじように、都市の多面的なすがたにまどわされているのだろう。

石木はワシントン公園の石板をてっきり現代美術かなにかだと思っていたが、帰国後に調べたらそれはホロコーストの記念碑であった。そこを訪れる者が記憶するべきなのは、大虐殺から生きのびポートランドに移住したユダヤ人だったのか、などと一寸考えてみたけれど、東京の暮らしのなかですぐに忘れてしまった。なによりも先に、石木は彼女に別れを告げ、会社を辞めなくてはならなかった。

無職になった石木はときおりストリートビューでポートランドを散策した。もちろん灌木から落ちた葉っぱでどの遊歩道もおおわれた、あの静かな街は存在しない。それでもめげずにクリックして前進をつづけていると、ある日、夏、夏、夏、秋、夏、春、夏、秋……と、ところどころバグみたいに紅葉した季節の画像がはさまれた住宅街を、サウスイースト地区に数か所だけ発見することができた。石木は忘れないようにピンを打って、何十分もその街区を歩いた。歩きすぎて、目が疲れるまで。
いまも履歴書を書くのに飽きた石木は、コーヒーをすすりながらグーグルマップで旅をしている。ポートランドと北緯が近い、世界のいろんなところを。モントリオール、ブライトン、ミネアポリス、ミンスク、もちろん札幌も。でも頭のなかにある晩秋の街はいっこうに見つけられない。窓から、むかいの一軒家で檸檬の木によりかかって休憩する庭師が見えた。梢が風でわずかにゆれているのがわかる。最近は処方された睡眠薬が体にあったのか、よく眠れるようになった。石木は来年もポートランドに行ってみようかと考えている。

私はここまでポートランドという都市をめぐるブームの興亡、などという大げさな題目をかかげてあれこれ書いてきたが、これはあくまで、遠いアメリカ大陸における新しい文化からでてきた事物が、てごろな商品となって海を渡り、極東の島国でよくわからないまま消費しつくされていく過程での浮沈であって、なにも実際のポートランドが衰退してしまったわけではない。もちろんヒッピーやパンクスくずれのわけのわからない音楽家やアーティストたちはすがたをくらましたけど、都市は次の段階に悠然と進んでいった。そしてリベラルな市民や政治家や企業の不断の努力により、経済的な発展がつづいている。生活水準も犯罪率も環境パフォーマンス指数も、あらゆる数値がそのことを証明している。

二〇一一年からアメリカで放送されているテレビ番組『ポートランディア』なんかを見ると、すでに視聴者のあいだにポートランドのヒップなひとびとにたいする戯画的な視線が共有されていて、裏をかえせば街のブランドが記号化され、スモールビジネスの楽園から、より大きくてしっかりした消費文化に脱皮しつつあることがわかる。それはわが国で二〇一五年以降に出版されたポートランド本の、びみょうな論調の変化からも読みとれる。そこには、クリエイティブな都市、創造的なコミュニティ、自由に暮らす街、都市デザイン、世界一住みたい場所……といった希望の惹句があふれている。これらはポートランドが、もう個人に立脚した泥くさい文学や音楽をもとめる変わり者たちの街ではなくなり、大勢の健全な幸せを願うような大舞台に変わったことをしめしているはずだ。

ポートランドのことを考えるとどうしたって、私が東京にでてきて最初に住んだ街、吉祥寺のことを思いださずにいられない。「世界一住みたい場所」であるポートランドとはくらぶべくもないが、「日本一住みたい街」などといわれつづけ、吉祥寺は私がいた八年間のあいだにちょっとずつちょっとずつ、べつのだれかの街になっていった。指を折りながら、いまはもうない、好きだった店をいくらでも数えることができる。だけど、そのたびに私はじぶんにこういって聞かせないといけない。ひとは都市に見たいものを見る。それは私だけが生きた、べつの吉祥寺だったのだからと。

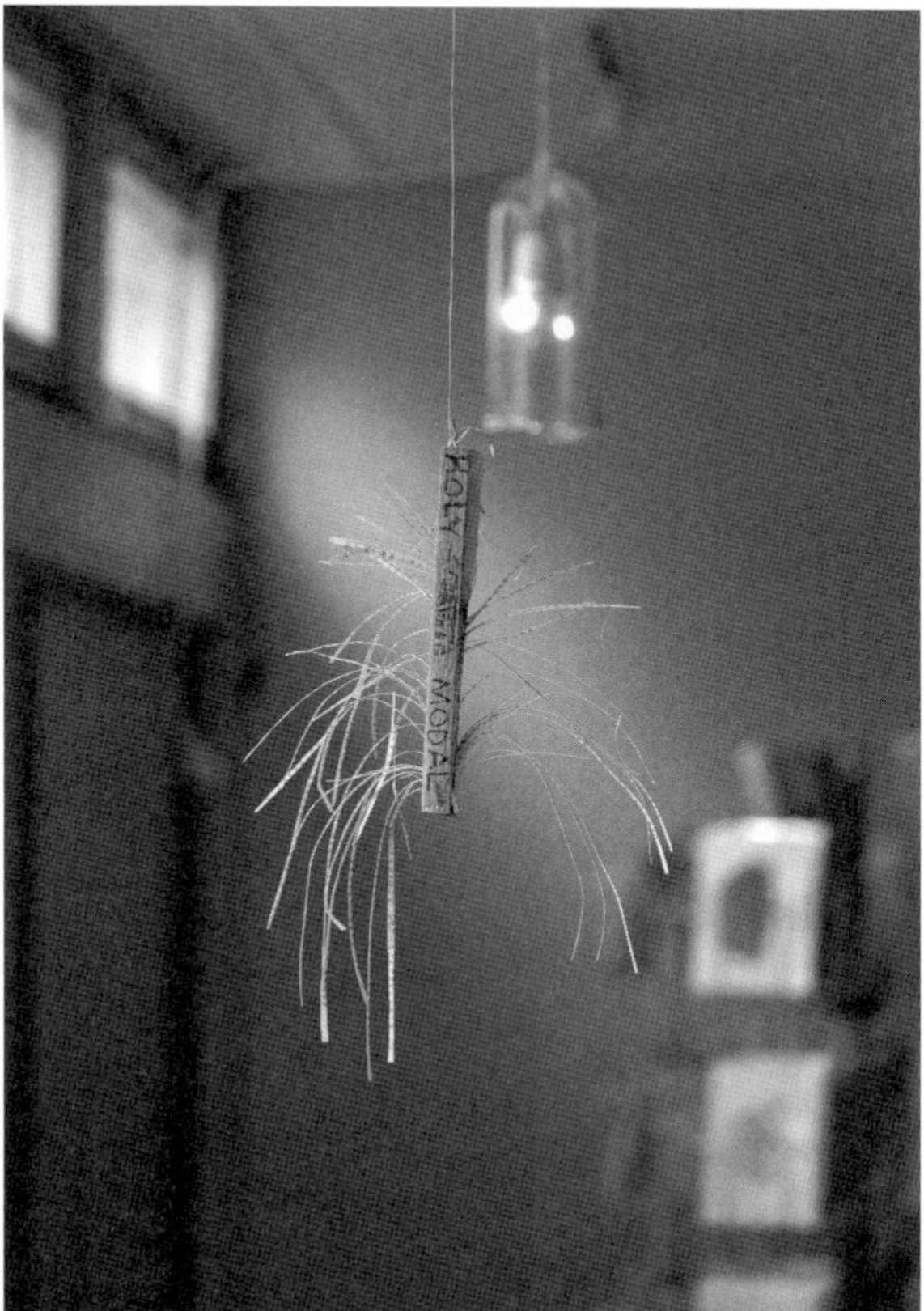
HOLY
MODAL

ホテルの滝

私が生まれた年にできたというホテルは、遠目から見るといたって普通の白いタイル張りの建物であったが、わずかばかりの車寄せがある玄関部分だけが大理石と煉瓦でつくられていて豪奢に見えた。ロビーにはおどろくほど大きな鍛金のレリーフがあり、照明とあいまって山吹色のように輝く銅の地に、ボーリング玉ぐらいの大きさの鈍く光った鉄の彫刻がたくさんくっついている。それらはどれもちょっと丸みのある抽象的なかたちで、下方にはバッファローの群れが駆け、上辺には鳥が列をなしていた。そのあいだを暗い木立が埋めつくし、全体で静かな神話的な森が表現されている。

ロビーから一段低くなった一角はラウンジとなっていて革張りのソファーがいくつかならべてあった。毛足がやたらと長い濃い小豆色の絨毯がしかれており、いつも空気がよどんでいるせいなのか、ラウンジでくつろぐ宿泊客をほとんど見かけたことがない。飾り棚にダイヤル式の木目調のテレビが、さらにそのうえに古い帆船の模型が載っかっていて、いつもテレビのコンセントはぬかれたままだった。

高校三年生の秋から冬にかけての一時期、私たち家族は街の中心にあったホテルで暮らした。私のあずかり知らぬ家庭の事情から雲隠れをしていたのだが、「ぜったいだれにも、ホテルにおることというたらだめよ」という父の忠告をすぐにやぶり、翌日の学校で嬉々として仮住まい生活を友人に話してまわった。いま思うと、両親にとっては人生でもっとも暗鬱な季節であったのかもしれないが、終わりの見えない受験勉強にほとほと疲れ、なにもかも投げだしつつあった私は生まれ変わったように快活な毎日をすごした。吐き気がするほどいやだった英語や古文の単語を、なぜあれほどまで集中して机にむかい、粛々と憶えることができたのだろうか。もしかしたら、だれかから身を隠さねばならぬ不安と、毎日たくさんの従業員とお客に囲まれた、ホテルという小劇場のような空間に包まれる安らぎがぶつかって生まれたエアポケットが、競争を強いる現実の流れからそっと私を救いあげていたのかもしれない。

私は家よりも深く眠った。そして、うまくいえないのだが、毎朝目がさめると、これは寝るまえに一度だけ手をふいたタオル、これは水が半分入った小ぶりなグラス、これは光がつくった二等辺三角形、これは私のすこし荒れた左手といったふうに、いままで素通りしていたあらゆる現象、動植物、人工物、じぶんの身体の輪郭などがはっきりとわかるような不思議な感覚に満たされていた。まるで部屋じゅうの粒子が特別な電荷を帯びているみたいに。そうやって認識の網の目が細かくなっていたせいか、せまく薄暗いシングルルームで受験をひかえながら暮らした日々は、理由もなくなにかに腹を立ててばかりいた高校時代のおぼろげな記憶の海から、いまもぽっかりと浮島みたいに顔をだしている。その島では一日のほとんどが夕暮れどきか夜で、壁ぎわの書斎机とベッドわきのナイトテーブルに備えつけられた、ふたつの弱い明かりがともった小部屋が見える。おそらくそこで私は赤本の試験問題を解いている。コンビニで買ったパンを食べ、家から持ってきたポカリの粉をお湯でといて飲んでいる。毎日ベッドメイクされる固いシーツのうえで物思いにふけっては、引き出しのなかのホテルの便箋に日記を書きつけ、一日を終えて部屋の電気を消すと、必ず窓の外の丘に、ライトアップされた古城が浮かんでいる。

この物と物の境界線がくっきりとわかるようになる感覚はホテル暮らしを終えるとすぐに消えたが、その後も数年に一度、私はふいにとりつかれることがあった。長くても二、三週間で消えてしまうのが常でありながらも、あの精神状態がおとずれると、台風が過ぎ去ったあとの透明な夏空のように世界のよどみが洗いながされ、新鮮な気持ちに満たされた。知らない街を歩いたり、ほったらかしておいた本をふたたび読んだり、料理や掃除をこんをつめてやるようになったり。ひとにだって多少やさしくなれたかもしれない。しかし、いいことだけではなかった。物にたいする感受性が高まればたかまるほど、目や手足の動きは老体のごとく鈍くなり、どんな些末な物もつぶさに愛玩する力にじぶんがのっとられていく。困ったことにその物神崇拝的ともいえる力能は、世の店頭にあふれる商品にもおなじようにはたらくのだった。物欲が増し、財布のひもがゆるくなる。そして自室は不要な物であふれていった。いまからふりかえれば、東京にでてきてからだんだんと目覚めていった、あらゆる物を雑貨に見立て消費するような雑貨感覚の一端を、とぎれぬように底でささえていたのは、じつはこの周期的に生まれ変わるような不思議な体験だったのではなかったか、という気さえする。物に飽きてくれば、だれかに魔法をかけられ、しばらくのあいだ旺盛な消費者となって市場をさまよう。また買い物から足が遠のくと魔法にかかって……そのくりかえし。上京してからずっと、身のまわりのメディアには物との対話や丁寧な暮らしといった聞こえのいい惹句が鳴り響いてきたけれど、それらと消費が仄暗い坑道でつながっている可能性を私は身をもって知ることとなった。

話はホテルにもどる。郊外の家から繁華街のホテルに移住したせいで、高校が十キロ以上もはなれてしまった私は、授業を終えるとまず、国立大学の医学部がある寂れた駅から単線の電車に乗って松山市駅まででた。そこから市内の路面電車に乗りつぎ、街の中心を横ぎる長いアーケードの出口あたりで降りると、ちょうど目のまえにラフォーレ原宿があって、いつも私は用もなくその小ぶりなファッションビルに吸いこまれていった。ひととおり服や雑貨をながめたあと、疲れてなければ近くの本屋やレコード屋などをめぐってホテルにもどる。ロープウェイ街の古書店で、いま読まなくていつ読むのだとでも思ったのだろうか、ジョン・アーヴィングの『ホテル・ニューハンプシャー』をむりして買いそろえた記憶がある。主人公の父が母に「ハッピーエンドなんてものはないんだよ」とさとし、最終的に祖父のアイオワ・ボブが「だからどうだっていうんだ」とぼやくくだりに赤鉛筆で傍線を引いた。なぜだろう、当時の私が嫌悪していた「なるようにしかならん」という父の口ぐせと、そのベリー家の珍妙な格言が瓜ふたつであることに気づいていたのかどうか、よくわからない。

ホテルに着くと、いつもいるフロント係から鍵を受けとりエレベーターで五階まであがる。私の部屋とは反対の左へ廊下をすすんで両親のツインルームをノックすると、のぞき穴から慎重に相手の姿を確かめた母が、ぼんやりした顔つきででてきた。

「あんたかいな、よかった。今日は、はやいんやね。昼間、知らんひとがうろうろ廊下を歩いてる音がしてて……気のせいやと思うんやけど、なんか怖かったわ。こんなけったいな暮らし、はよ終わらんやろか」

「なんでなん、おれはずっとおってもええよ。勉強、めっちゃはかどっとるけん。掃除もせんでええし」

「あんたは気楽でええなあ。お母さん、ひとりで部屋いるの、もういやや」

どうやら母は日中、ほとんど外にでていないらしかった。父はいったいいつ部屋に帰ってきていたのか。ホテル暮らしのあいだあまり姿を見かけなかったので、べつの場所に寝泊まりしていたのかもしれない。部屋ではお湯を沸かすことぐらいしかできず、夜になるとふたりでデパートの惣菜売場に買いだしに行くか、近くの安食堂ですますか、寒くて外にでたくないときはホテルのフロント脇にあった「カスカータ」というレストランに入ることもあった。

ロビー自体がじゅうぶん暗いのだが、カスカータはさらに照明が少なく、古めかしいステンドグラスの笠から落ちる橙色の微光がそれぞれのテーブル席を染めていた。カスカータの奥はすべてガラス張りで、蔦がからまった巨大な煉瓦の壁が客の視界をおおっている。ガラスと外の塀のあいだは地下深くまで吹きぬけとなっており、地上十メートルくらいの高さがある壁のうえからは四六時中、水が流れ落ちていた。滝は通り雨のような音を響かせ、ときどき蔦の葉からはねた水飛沫が窓を濡らしている。カスカータは朝から晩までブッフェ形式のイタリアンが食べられるのが売りだったようだが、いつ行ってもひと気がなく、私と母はだいたいアラカルトでパスタやグラタンなんかを食べてそそくさと部屋にもどった。給仕もひとりかふたりしかいない店の机で、心配を抱えこみ口数が少なくなった母とむかいあう私にとって、落水の騒がしさがありがたかった。

両親の部屋から何室かはなれたシングルルームで暮らしていた私は、ときおりみなが寝静まった夜半にこそこそと外へぬけだした。とはいえ、ひとがいなくなったアーケード街を散歩するか、コンビニをおとずれて夜食を買ったり雑誌を立ち読みしたりするくらいだったのだが、ある夜、湿度の高い雨上がりの裏通りを歩いていると、いつもとなにかがちがう感じがした。だれかに見られているような不安がよぎって足をはやめる。生ぬるい風が路地を吹きぬけ、濡れたアスファルトにはねかえった街灯光に目をやると、溶け残る雪のように白い物がまだらに落ちていることに気づいた。それはおびただしい鳥のふんであった。道を一筋曲がった先にも、ふんはつづいている。こんな小汚い通りじゃなかったはずだ、と路面をまじまじと観察していると、急に頭上で鴉がするどく鳴いた。見上げると電線が異常に太くたわんでいて、それがびっちりと櫛比《しっぴ》する鴉の大群であることを知ったとき思わず声がでた。さらに、近くの歓楽街のネオンのせいか、うっすらと雲が朱色に染まった夜空にも、何百羽という黒い鳥が円をえがいて飛んでいた。

その夜は悪寒がぬけず、フロントで毛布を借りてベッドにもぐりこんだものの寝つけなかった。喉が渇き、浴室でなんども水道水を飲む。さっきから耳が聞こえなくなったかと思うくらい部屋のなかも外も静かで、ホテルに寝泊まりしているじぶんの暮らしにはじめて不安が芽ばえた。明け方になってやっと雨音が耳にとどき、眠りにつく。

ホテルでの生活も一か月半を過ぎたころ、とつぜん終わりはやってきた。十二月のある晩、ひょっこりあらわれた父と三人で、四階にあった「なだ万」ならぬ「なが萬」という日本料理店で水炊きを食べていたとき、父は焼豆腐をつまみながら、まるでひとりごとのように「そうや。もういつ家に帰ってもようなったけん。だいじょうぶになったけん」といった。いったい、なにがだいじょうぶになったのだろう。そもそもなぜ家族でホテルに逗留しなくてはならなかったのか。すべてをあらいざらい聞きたいと思う反面、父の目のまえをふさぐ酷薄な現実にふれることをどこかで怖れていた私は「店、なんでこんな名前なん?」と平静をよそおってたずねた。父は「どうせ社長の名前でももじったんやろ。こんなん都会でやっとったら、なだ万に訴えられてるで」と笑いながら、女将を呼んで烏龍茶をたのんだ。「そんなことより、ホテルの生活、なんか楽しくやってたらしいな。大人になって、いつかだれかに、こんなとこに住んどった、いうてみ。みんなおどろくけん」

いつだって父は仕事に明け暮れ、かんじんなことを家族に教えてくれなかった。両手で数えきれないほどの会社を立ちあげてはつぶし、気がつけばまた新たな商いに手を染めていった。ホテル経営にも一時期たずさわっていたらしい、と母から聞いたことがある。とにかくこうやって家族は父の黙された事業計画に長年ふりまわされてきたのであり、今回もまた、私たちの意志のおよばないところで住まいが変わり、そしてなにごともなかったようにもとの場所へ帰ろうとしていた。そう思ったとき、せき止められていたものがあふれてくるのがわかった。ある種の諦観を抱きかかえながら、むこうみずな商売人として生きぬいてきた父にとって、子どもたちのまえで翳る心をひた隠しにし、明るい冗談を弾幕のように飛ばしつづけることが彼なりの優しさだったのだといまならよくわかる。だけど、そのときの私には得心がいかなかった。

「お父さん」

「なん」

「なんでおれらホテルにおらんといかんかったん」

父は鍋の火を消した。そして「もう、すんだことやけん。ホテルにおろうが、おるまいが、なるようにしかならんかったんや」というと、急に席を立ってトイレへ歩いていった。そして廊下から「こんなん、すぐに笑い話になるけん」という声がした。母に、なんなん、なるようにしかならんって、とたずねてみたが、眉をひそめ首をかしげただけだった。

部屋にひきあげたあとも、窓をあけて階下の「なが萬」のベランダにつくられた日本庭園をにらみながら、やり場のない虚しさと怒りが過ぎ去るのを待った。立派な松やつつじが月影をまといながら風にゆれ、ときおり宴席の騒ぎ声が流れてくる。しばらくして、ぱちっと庭のライトが消えた。声も、換気扇も、室外機も止んだ。ずっと陽気な客だと思っていたのは、店じまいをする女給たちだったのだろうか。時計の針はとっくに閉店時刻を過ぎていた。窓から身を乗りだすと、かすかな滝の音が聞こえる。

翌週には私たちは家にもどったはずだけれど、最後の数日間をどう過ごしたのか忘れてしまった。ホテルには一階と四階のほかにも、二階にバーが、最上階に鉄板焼きのレストランがあったものの、それらには結局行かずじまいとなった。

　あれは小学生だったか中学生だったか、私は神戸の山の手にあるホテルにいた。なぜだか同席した大人たちのなかに弁護士を名のるスーツ姿の男がいて、みなで小難しい話をしている。紅茶を注文して店員にミルクかレモンかと聞かれたとき、大人たちの会話が一瞬とぎれ、注がれた視線のなかで私の頰はみるみるうちに赤くなった。うつむいたまま、しばらく悩んだふりをしたあと、とくに理由もなく「レモンで」と頼む。大理石、造花の薔薇、シャンデリア、マイセンの人形、ダマスク柄のソファーなどに囲まれた広間で、自動ピアノがラグタイムを弾いていた。幽霊が透明な指でひょいひょいと鍵盤を上げ下げする。いまでもスコット・ジョプリンなんかを聴くと、時代遅れのホテルのティーラウンジが頭に浮かぶのはそのせいかもしれない。

　スコット・ジョプリンには「しだれ柳」という愉快な曲があるが、開店まもない私の店で展示をしてくれた作家に「柳ホテル」という連作を刷る銅版画家のM

さんがいた。もちろん架空のホテルである。英国の老舗陶磁器メーカーには、かならずウィロー・パターンと呼ばれる柳、舟、橋、そして二羽の鳥などが描かれた中国趣味の図柄があって、銅版画家のMさんはあるとき、スポード社のブルー・ウィローと呼ばれるシリーズの器に出会った。彼女はその絵がしめす男女の悲哀の物語を調べていくうちに柳模様の魅力にとりつかれていき、いつしか心に生まれたその薄暗い柳の林をさまようようになった。日になんども通いつめるうちに、木々の配置や地形をおぼえ、地図やコンパスにたよらずじぶんの力で歩けるようになったMさんが、やがてしだれ柳の林を反対側へと通りぬけた先には、しとやかな白亜のホテルが建っていた。Mさんが銅版画をはじめたころからあったという柳ホテルの構想は、こうしてウィロー・パターンとともに大きく広がっていく。

英国の湖水地方のどこかにあるかもしれない、とある小さな村。柳の植わった、その村唯一のホテル。オーナーのマダム・モニエ、猫のビーチャス、ドアマンのジェイムズ、料理長のアントニオ、支配人のK、庭師のジョン。悩める小説家、女優、スイートルームにいる幼い兄妹、住み込みの家庭教師、旅するバンドマンたち。まだまだでてくる。人間だけじゃなくて、調度品やアメニティグッズも画題となった。柳ホテルに集まったひとびとはみな漠とした不安のなかで、ここじゃないどこかをさがしており、それぞれが抱える物語は一枚一枚、洒脱な銅版画に封じこめられていった。ホテルはひとつの国のようなものをつくっている、とMさんのホームページに書いてある。

ホテルという舞台はなぜ、いまもむかしも、あらゆる芸術家たちをひきつけてやまないのだろう。それは国家、社会、都市、街……といったふうにコミュニティの輪をちぢめていった先で、ホテルという箱庭空間がユートピア的に立ちあらわれてくるからであろうか。ホテルはつねに社会のメタファーをまといながら、なおかつひとつの場所として完結しているために、いかなる登場人物や物語であろうと織りこみやすいのかもしれない。

私がじぶんの店でいきづまっていたとき、すがるように読んだ一冊にスティーヴン・ミルハウザー著『マーティン・ドレスラーの夢』(柴田元幸訳、白水社)というホテルの物語があった。都市がくまなく商空間となっていく時代を見すえ、ホテルを百貨店とくらべながらこんなふうに語る。

「あるデパートには歯医者まであるし、別のデパートには小さな劇場がある。要は、巧みに陳列したウィンドウによって客を誘い込んで、二度とここを去る必要はない、欲しいものはすべてすぐ手元にあるのだから、そう信じさせることだ。だとすれば、できるだけ長く客を引きとめておくためにデパートが本当にすべきことは、居間と寝室から成る宿泊施設を数百組つけ加えることではないか。そうした思考を推し進めていると、またしてもホテルとデパートの親近性が実感された。どちらも客を惹きつけ、引きとめようと努め、どちらもそれ自体で一個の小さな世界であろうとし、どちらもひとつの巨大な構造のなかに、単一の理念に奉仕する無数の事物を持ち込んで並存させている。百貨店とホテルは都市のなかの小都市である」

本書は、主人公のマーティン・ドレスラーが十九世紀末から二十世紀のあたまにかけ、ニューヨークで前人未到のホテルをつぎつぎとつくりあげていった半生をえがく。消費社会の幕開けともいえる時代に、ひとびとの欲望のすべてをかきあつめようと試みながら、彼は最後に「グランド・コズモ」という名のホテルに着手する。このグランド・コズモは、いま私の身のまわりをとりかこむ雑貨にあふれかえった奇怪な世界が、いったいどこからやってきたのかを図らずも教えてくれている。ちょうど百年まえに彼を狂気のホテルへ導いたのとおなじ水源の河に、私たちは浮かんでいるのだということも。

地上三十階、地下十三層の建物には、たくさんの役者が雇われ、ひとびとが消費で我を忘れた脱魂状態から目を覚ましてしまわないように、あらゆる舞台装置がフロアごとにそなえつけられた。鬱蒼と木のしげる田園風景、霊媒師のいるパーラー、ムーア人たちの市場、岩にうがたれた洞窟、生きた蠟人形館、人工の月がてらす公園、不良たちが喧嘩をくりかえすニューヨークの街、湖畔にあるヴィクトリア朝リゾートホテル、精神病院、ギリシャ風のチュニックを着た二十四人の女性が二十四時間のあいだ詩を暗唱する神殿……。それはもはや、ホテルではなかった。いってしまえば、気のふれたディズニーランドのなかに閉じこめて住まわせるような消費社会のディストピアであった。でもだからといって、根っこの部分において、あの夢の国とグランド・コズモのなにがちがうのかを私たちは明瞭に語りうるだろうか。

もちろんグランド・コズモは小説のなかだけの絵空事だろう。しかしマーティン・ドレスラーが「百貨店とホテルは都市のなかの小都市である」と看取したときのアイデアは、百年後のこの国で花ひらいている。周知のとおり、インターネットにより百貨店は凋落し、一方、グローバリゼーションによってホテルはよりお金を産む商売となった。したがって、都市のなかに小さく折りたたまれたもうひとつの都市をつくらんとするマーティンの夢は、百貨店のかわりに、平べったく横にのびたショッピングモールという心強い相棒を手にいれることで生き延びた。そして、たとえば都市開発のメルクマールとなった六本木ヒルズや東京ミッドタウンといった複合施設をあげるまでもなく、ホテル、住宅、ショッピングモール、オフィス、文化施設などを一か所につくり、ひとびとの生活を一手にひきうけてくれる楽園を手にしたのである。

さて、こんな大それたことを、吹けば飛ぶような雑貨屋の私がとやかくいうのはずいぶんと滑稽に映るだろう。だけど、ディベロッパーたちが用意した大きな場所であれ、そのなかに入居する小さな店々であれ、規模はちがえど、よりたくさんの物を売り買いさせるためのおなじ力が、マクロからミクロまで入れ子構造となって連なっているのだとしたらどうであろう。たとえば複合施設にまねかれた書店にはたいてい、カフェやギャラリーや雑貨屋などが畳みこまれるように入っているが、そのつくりは、衣食住にまつわるあれこれがつまった複合施設の構造とどうちがうのか。雑貨化というものが、歴史、用途、文脈といったあらゆるしがらみからすべての物を解きはなち、いったんばらばらにして、ふたたび自由自在にくみあわせることで、ひとびとが物をとりひきするスピードをかつてないほど高める技術であったとするならば、その力は尺度を変えながら都心の再開発にもはたらいていたと考えるべきではないか。雑貨屋の私と開発業者たちも、おそらく深い資本の水路でつながっているはずなのだ。

大学進学のために上京してすぐに、実家はだれかの手にわたった。私がホテルに住まなくてはならなかった事情と関係していることは確かなのだが、いまも聞けないままだ。しかもその後、なんの因果か、両親はあのホテルのすぐそばにあるマンションに引っ越したのだった。それから二十年がたち、朝起きると、すべての物と物の差異が輝きはじめた物神たちの世界は、雑貨の商いに手を染めていくあいだにすっかり失われてしまった。

ある年の暮れ、私は母からの電話で目をさました。今年はいつ帰ってくるのかと尋ねたあと、「あんたがいたことあるホテル、おぼえてる？　あそこ、もう古いし、耐震なんちゃらがひっかかるらしいんよ。最近、人もあんまりおらへんしね。ちょっとまえにホテルのそばのラフォーレも耐震なんちゃらで建て替えてたやろ。あれといっしょやと思うけど。そやから、来年には長い改装に入るらしいで」といった。

「みんななくなってくな」

「あんたとおない年やから」

「だれが？」

「あのホテル」

「……忘れてたわ」

「そやし、もうぼろぼろなんやろ」

最後に「もう一回ぐらい泊まってみたかったな」といった私の言葉にはなにも返さず、「きいつけて帰っておいでよ」といって母は電話を切った。私は数日悩んだあげく、三泊の帰省のうち初日の夜をホテルで過ごせるよう手配した。

大晦日、乗車率が百パーセントを超えた列車で五時間以上ゆられつづけ、私は郷里にもどる。ホテルに着いたときには日が暮れはじめていた。二十年ぶりのホテルは喪に服したような静けさにつつまれていて、なによりロビーがこれほど狭かったことにおどろいた。緩慢な時間のなかで、黒ずんだレリーフの森が壁紙や絨毯の柄と溶けあっていた。フロント係から以前とおなじ重たい鍵をもらい、運よくといっていいのか、彼は「五階のお部屋になります」と告げた。部屋に入ってすぐにレースのカーテンを開ける。ちょうど城山に夕日がかかり、ずいぶんと萎びてしまった階下の庭木が室外機の風でゆれていた。浴室へ移動し、まだ湯を溜めるにははやい時刻だったが、カランをひねってバスタブのへりに腰かける。「私たちは地球の未来を最優先に考えています」という真新しいシールが貼られた鏡に、山盛りのアメニティグッズが映りこんでいるのをぼんやりながめながら、数年まえ、知人のデザイナーやブランドがこぞってノベルティがわりに架空のホテル用品をつくっていた時期があったけれど、あれはなんだったのだろうかと考えていた。ともかくほんとうにいろんな物が、それをいちいち指摘することがはばかられるくらいたくさんの物が、この二十年で雑貨になった。

実家で年越し蕎麦を食べてから、もうすこしであけましておめでとうやけど、とりあえず、よいお年を、ほしたらまた明日の朝に、などといいあって、夜道をホテルまで歩いて帰ってくる。車寄せからロビーへ入ろうとすると、遠くで雨が降っているような水音が聞こえた。外塀にそってぐるっと裏手にまわり、カスカータわきの植込みのあいだから滝をさがした。ひび割れた煉瓦の壁には蔦が生い茂り、それとむかいあう大きなガラス窓の奥に、消灯してすべての椅子がテーブルのうえにあげられた店内が広がっていた。もう明日になっても、コックや従業員たちは帰ってこないのではないかと思わせるほど寂しい情景だった。ただ滝だけが、とぎれることなく声をあげている。改築で消し去られてしまうであろうじぶんの未来を蕩尽するかのように、だれもいないレストランのまえで、めいいっぱい水を汲みあげては落としつづけていた。

水と空

亀山さんと会わなくなって半年ほどがすぎた夜、桜の花びらがふりそそぐ神田川ぞいを歩いていると、光る玉が水面からのぼり瓦屋根のうえに消えた。ゆらゆらではなく、滑るような動きに違和感をおぼえながらも、小さな火の尾が逃げこんだ虚空を目で追う。春の霞のなかでぜんぶがぼんやりしていた。いまふりかえると、対岸の道にいた少年がむやみやたらとふりまわしていた懐中電灯の光だったのかもしれないのだが、そのとき私は亀山さんが亡くなったのだと思った。子どもの父親らしき低い声がして目をやるも、どちらの顔も体も菫《すみれ》色の夕闇に溶けこんでしまったあとだった。

亀山さんは銀座の古本屋の娘として育ち、戦中は郊外の親類の家に居候していた。帝都をねらった数えきれないほどの空襲の夜を庭先の壕のなかで過ごし、もちろんあの東京大空襲の日も、少女は父親の店から拝借した宝塚のパンフレットや海外雑誌をうっとりとめくりながら暗がりに座っている。そして、なすすべもなく被弾し燃えさかる都心を、あるいは学校や友人を、防火訓練や勤労奉仕を忘れ、暗い穴のなかで空想の皮膜を張りめぐらしていった。

「楽しかったなんていえないわ。死んでいったひとたちに怒られるから。でもね、私は防空壕のなかが好きだったのよ。いまもよく夢に見るくらい。ふとんのなかにもぐって、横から顔だけだして本を読んだりする癖も、きっとそのせいね。灯具がなかったら手さえ見えない穴のなかは、あのころの私にとっては特別な場所だったの。だって蠟燭を灯したとたん、学校なんかとくらべものにならないくらい絵や言葉が頭のなかに入りこんできたんだから」

おかげで、亀山さんは明るい部屋で本を読まないらしい。蠟燭ってわけにはいかないから、常夜灯だけつけるのよ、と左右のちいさな手のひらのうえに見えない本をのっけるしぐさをする。

空襲はおさまり庭の壕から這いでると、東の夜空が血みたいにどす黒い赤に染まっていた。にわかに信じがたい話ではあるが、亀山さんは数日後、玉川上水でたくさんの人魂《ひとだま》を見たという。でも怖くなかったの、そのうちのひとつは駅前の横丁へ潑剌と飛んでいったわ。すると急にのどを震わせて、聴いたことのない切ないメロディーを口ずさんだ。浮世の街がはげしく燃えればもえるほど、少女は恐怖から逃れ安住の地をさがしもとめるように、体の内側に二度とぬけだすことができないほどの深い穴を掘っていき、その先で幻視した、救いの人魂であったのか。もちろん亀山さんの晩年しか私は知らないが、その防空壕のなかで大切に育んだ幻はやがて中空へと霧散し、土星の環のように彼女の生涯を彩りつづけたのだと思う。一瞬で世のなかの価値観が百八十度変わっちゃったんだから、そのあと両親もすぐに他界してさ、夢ばかりみてた私にとって戦後は新しい戦いのはじまりだったのね。

亀山さんは私のことを出会ってから別れるまで「御曹司《おんぞうし》」と呼んだ。御曹司じゃないですよ、お金なんてどこにもないですから、と否定するとたいがいは、おじいさまがあんな立派な方なんですもん、御曹司に決まってるわととりあってくれなかった。たまに「じゃあ、いつか成功して御曹司になるのよ」といってくれることもあったけれど、開業してからいまも、小さな企業の勤め人の給与とおなじくらいの稼ぎがあれば御の字だとしてきたような小胆な私にかえす言葉はなかった。また亀山さんは数十年まえに亡くした旦那さんのことを終生「博士」と呼んだ。航空写真などを撮るためのプロペラ機を飛ばす会社を営んでおり、けっして博士などではなかった。「だって博士はなんでも知ってるんですもん。宝塚とか、海のむこうの物語なんかで頭いっぱいの、世のなかをなんにも知らなかった私とずっといっしょにいてくれたの。とてもじゃないけど、ひとりじゃ生きていけなかったわ……。でも気づいたら、ひとりになってずいぶんたっちゃったけど。ほんと、いやになっちゃう」

私は一度だけ、博士のすがたを見たことがある。亀山さんの小さなハンドバッグには救心やカバーのない文庫本などといっしょに博士のモノクロ写真がいつも忍ばせてあって、話の流れで「一度お会いしてみたかったです」と口走ったとき、まんざらでもないようすで手渡してくれたのだった。長身でスーツ、白髪まじりのうねった前髪をふんわりと後ろに流した頭、切れ長の目と高い鼻、組みなれた足。冗談で「舘ひろしみたいですね」というと、「あらうれしい。でも私は小林秀雄さんに似てたと思うわ。仕事から帰ると、真剣な顔で本ばかり読んでて」と答えた。

ここ数日、残された祖父の手記と、生前に彼の半生を聞き書きした私のあいまいな日誌を照らし合わせていたのだが、それによると一九七一年の夏、京都の伏見にあった祖父の会社に、見知らぬ初老の男がたずねてきたようだった。その太い首をした坊主頭の男は受付でぶしつけな訪問をわびたあと、特別操縦見習士官の第三期に御社の社長がいたと思うのですが、私は彼が属していた小隊の隊長をつとめていた者だと名乗った。祖父がいぶかしがりながら部屋から降りていくと、東山にある護國神社に特操の碑ができ、その除幕式や慰霊祭に参加してきた帰りだという。「無性になつかしくなってさ。だめもとで、えいやっとタクシーに乗って立ちよってみたんだ」。最後に見たのは復員まえの焼け落ちた仙台霞目《かすみのめ》飛行場であったか。いわれてみれば少尉のおもかげもあったけれど、半信半疑のまま握手をかわした。あまりに突然のできごとで、どうやって男がじぶんの所在を知ったのかは聞きそびれたまま応接室に案内する。式典帰りで正装していたがスーツもネクタイもしわだらけで、顔は日に焼けて赤く、目がすこしにごっていた。京都に移り住んで二十数年、だれからも声がかからなかったこともあり、戦後、雨後の筍のように生まれたあらゆる戦友会を横目にひたすら仕事に打ちこんできた祖父は、もちろん特操の碑が近くにできたことなど知るよしもなかった。

「お元気してはりましたか」

「元気、元気。なつかしいなあ。酒井くんも元気そうだね。おたがいちょっと髪の毛が薄くなったぐらいで」と男は相好をくずしながらソファーに腰かけたが、すぐに、どこか落ちつかないようすで部屋を見まわす。ふたりが話をした小一時間ほどのあいだ、とぎれることなく高瀬川の蟬が絞りだすような濁声で鳴いていた。ゆっくりと時間をかけながら、自身のいた小隊の隊長と目のまえの男がまじわっていく。と同時に、復員して数年で郷里の九州をはなれ、東京でひとり暮らしをしながら居酒屋を営んでいるらしい少尉が、ほんとうはいまもあの飛行場の兵舎で寝起きしているのではないか、といった想像を祖父がかきたてられたのは、終戦で別れをつげたときとおなじ丸刈り頭と無精髭だったから、というだけではなかった。男は「特操」「内地防衛」「復員」という言葉を昨日のことのようにつかった。帰りぎわ「おれは嫁さんも子どもも空襲で亡くしちまったせいなんだろう。じぶんが親しかった仲間たちはさ、とっくのむかしに死んだにちがいない、って思いこんで生きてきた。で、気づけばあとすこしで還暦になるんだ。歳月ひとを待たず。おれたちはもう、あのころみたいに若くない。だから近ごろは都内のいろんな戦友会に顔をだすようにしてみてさ。そこではじめて、まだ多くの生き残りがいるってことがわかったんだ。酒井くんの三期だけじゃないよ。おれがいた一期から最後の四期まで、敗戦後をおなじように生きてきたやつらがたくさんいたんだ。きみみたいに立派になったやつもいれば、おれみたいに男やもめのままさまよっているやつもいてさ、なんだか笑えてくるんだけど」といって、しわだらけのハンカチで汗をぬぐった。

そのとき祖父は、小学校にあがるまえからつきあってきたTという竹馬の友を思い出していた。なぜか、小学校の教室でじぶんが知らなかった「過酷」という漢字を教えてもらったときのことが最初に浮かんだ。部屋の片隅でストーブのうえの薬缶がこぽこぽと音をたてている。あれは何年生のときだったのだろう。ばらばらな記憶が消えては灯り、時間をよたよたと匍匐前進しながら頭のなかを照らす。今度は高等小学校。たぶん十四歳のとき、クラスの成績がとびぬけてよかった彼が、貧しい農家の次男坊だったせいもあったのか、進学をあきらめて国鉄に入るんだといった日、外は灰のような雪が舞っていた。祖父が岐阜の加茂農林学校へ進んだころ、Tは列車の運転手として社会で働きはじめる。師範学校にあがったときには、彼は海軍飛行予科練習生に志願していた。そのことを知ったのは、たぶん岐阜市内にできたばかりの、天井が高くて、かすかに百合の香りのするカフェだったように思う。これがTと会った最後だ。いつだって彼はじぶんのずいぶん先を歩いていた。学校も会社も軍隊も女もカフェもバーも、なんだってよく知っていたから。そんな後ろすがたをうらやみながら、一九四三年、翳る時局のなかで祖父は陸軍に入った。こうやって陸と海、それぞれちがう軍隊のなかでふたりは飛行機乗りとなったのだ。そして、ともに親しい幾人かの死とひきかえに、八月十五日の終戦をむかえる。しかしTは戦後を半月しか生きられなかった。多くの謎を残したまま、この世から忽然と消えてしまった。祖父は想像する。ダグラス・マッカーサーが厚木に降り立った暑い夏の一日を。じぶんが郷里へとむかう夜汽車にゆられ瞼を閉じたころ、Tはひとり戦闘機に乗りこむ。そして木更津の基地から空に飛んだ。厚木飛行場にむけて？　いや、もっと遠くにむかって？　おどろくほどたくさんの星とエンジン音だけをしたがえて、静かな夜の海を渡っていく。撃ち落とされたのか、自爆だったのか。水面に触れたとき、あいつの機体は何色に燃えあがっただろう。絶命の瞬間は、どうやって人間におとずれるのだろうか——。なにもわからぬまま、想像のTは黒い東京湾に沈んでいった。

「じゃあまた」という少尉の言葉でわれにかえる。「あんときはみんな青年でさ、なんにもわかってなかったよね。生きるのか死ぬのかも。生き残るってことが、こんなにたいへんだなんてこともさ。まるっきりわからなかった。とにかく、おれは探すよ。きみも時間ができたら京都で新しい戦友を探してみるといい」

祖父が、少尉のいう「新しい戦友」を探しはじめたのは七〇年代も中ごろ、ちょうど五十をむかえ事業も軌道に乗ってきた時期であった。経営者として地元のロータリークラブなどに熱心に参加する一方で、いくつかの戦友会に顔をだす機会もふえた。おなじ特操の三期生であった博士とは、おそらく同期の名簿づくりを進めるうちに出会ったのだと思うのだが、ふたたび手記を読みかえしてみると、ともに栃木県にあった陸軍の金丸原《かねまるはら》飛行場で訓練をうけていた時期があり、もしかしたらそのころから顔見知りだった可能性もいなめない。ともかく、ふたりはすぐに親しくなった。おたがい飛行機乗りであるだけでなく、たくさんの戦友を失い、なにより趣味というよりも鎮魂のよすがとして祖父が仏を、博士が能面を彫っていたことが彼らの友情に強い絆をあたえたのだと思う。祖父のいた京都と博士のいた東京を、おたがい年に幾度もたずねあった。

私が幼かったころ、外出する祖父の胸もとに放心しながら笑っているような、しわがれた老人の小さな仮面を見かけたことがある。シャツにジャケットを羽織りながら、ネクタイのかわりに人の顔をぶらさげるというみょうな正装すがたに、私は結袈裟《ゆいげさ》をつけたあやしげな修験者のような近づきがたさをおぼえた。姉とよく「あの木でできたちっこいお面、めっちゃこわない？　ぜったいだれかの念がこもってるやろ」などと話し合っていたが、それはあながちまちがいではなく、出会ってまもない博士が祖父の仏像と交換するかたちでプレゼントした大切な物だったのだ。あるとき祖父が所蔵していた「天下《てんか》一友閑《いちゆうかん》」と銘がはいった江戸時代の翁の能面を見せると、博士はそれをいたく気にいったみたいで、すぐに小さく精巧に写してループタイに仕立てたらしい。結局、何本つくられたのかわからないが、私は亀山さんと最後に会った日、彼女の胸もとにも祖父がつけていた物とおなじ翁を見ることとなる。

そんな祖父が彫刻刀を置かなくてはならなかったのは心臓の不調からであった。気づいたときには心臓のもっともだいじな血管のうち三本がだめになり、五割の機能が死んでいた。昭和が終わり、ちょうど九〇年代がはじまった最初の秋、祖父は心筋梗塞で府立医大に緊急入院し、十一月に退院。いれかわるように今度は博士が持病の悪化で入院して、翌年二月に亡くなった。血糖値がかなり高かったらしいということ以外、死因はわからない。博士が病床に伏してから没するまで、祖父はとりつかれたようになんども電話をし、見舞いのために上京し、病院に紹介状を書いたり、杉菜を煎じた謎のお茶や朝の散歩をすすめたりした。もうこれ以上、親しい友を失いたくなかったのだと思う。

「御曹司のおじいさまにはいろいろ助けていただいたから。こうやって東京にいる御曹司に恩返しするの」。私と亀山さんは大震災のあった年の春にはじめて会い、翌年の秋まで交友がつづいた。だから私たちは川べりの桜を二度見上げ、その半年後に別れたこととなる。だいたい三か月に一回、「御曹司、おいしい物、食べに行きません？」と電話があり、井の頭線の両端にある吉祥寺か渋谷で昼に待ちあわせて鰻や鮨なんかをごちそうになった。食後は彼女の住まう高井戸にもどり、とぼとぼと神田川ぞいを散歩する。暖かい季節は遊歩道にあるベンチで日が傾くまで話をし、秋冬は駅前のドトールでお茶をして暖をとったが、亀山さんは「それじゃ、御曹司をお誘いした意味がないから」といって飲食代をかたくなにうけとらなかった。

彼女が暮らしていた古いマンションのまえまで見送ったこともなんどかある。地上十一階建てのずいぶん堅牢な赤煉瓦風の建物で、街がバブルの狂乱に巻きこまれる直前にひと部屋、買いもとめたらしい。そこでは二十年まえに博士を失ってから、ゆっくりと磁石のまわりに砂鉄があつまって文様をえがくように、百二十戸ある巨大なマンションでひとり暮らしをしている女たちとのつながりが自然と生まれていった。「未婚、バツいち、バツに、死別。いろいろいたんだけど、すっかり年とっちゃってね。いまじゃ生きてる者どうしが、おたがい野垂れ死んでないかどうか連絡とりあってるの」。亀山さんの夢想する力はここでもいかんなく発揮され、登場するぜんいんに渾名がついており、震災の日も「小説家」と呼ぶ友だちの部屋に数人で集まりウディ・アレンの『世界中がアイ・ラヴ・ユー』をのんきに見ていた。小説家はメンバーのなかでは一番若い五十代で、あらゆる映画専門チャンネルに加入していたため、彼女の部屋では映画や海外ドラマの鑑賞会が定期的に催されていたようだ。色気をもてあました「ドヌーヴ」、入ったばかりの陶芸教室で大甕をつくろうとして先生を困らせた「半泥子《はんでいし》」、なんとなく上品というだけでついた「小百合」、『冬のソナタ』にはまり舞台となった半月型の小島を冬がくるとおとずれる「ナミソム」……。みな小説家の部屋で、だいたい昼すぎから菓子をつつきながらムービープラスやミステリチャンネルなどで録画した作品を見たあと、夕ご飯を食べて解散。じぶんの店以外、他人の輪にうまく加われたためしのない私からすれば夢のような老後だと思うけれど、亀山さんが実際どのように感じていたのかは知らない。

亀山さんが祖父にもっとも恩義を感じているのは、博士の亡くなったあと写真を撮るようにすすめてくれたことだったと、あるとき教えてくれた。おじいさまのアドバイスがなかったら御曹司に会うこともなかったかもしれないわね、と遠い目をした。旦那さんの死後、戦中から亀山さんを生き延びさせてきた空想の皮膜は、ゆっくりと確実に硬化をはじめていた。葬儀を終えてしばらくしたころには、外の世界との連絡を断っていき、やがてすっぽりと小さな体をつつみこんでしまう。医者はおそらく解離性障害であると診断したのだが、亀山さんはけしてそのときのじぶんを離人症とは呼ばず、「心が動かなくなっていたとき」といった。「私はほんとうに、ひとりぼっちになったの。あんなさびしい気持ちになったの生まれてはじめてだったわ。だれといても、なにを話しかけられても、ひとりだったのよ」。病院でもらった薬を飲む以外、なにもする気がおきず、ただ夢遊病者のように家の近くを歩いた。部屋にいると湖の底に沈んでるみたいに息がつまりそうだったらしい。

彼女はいつも戸外にいた。さっそく祖父は「歩くのはとてもいいことですよ」とはげましの電話をいれた。「私も病後はかかさず、夜明けまえから一時間以上歩いてます。まえいらした松ヶ崎の家から宝ヶ池まで行って、冬は一周、夏なら二周して帰ってきます。自然には汲みつくせないほどの発見がありますな。今朝なんか、異様に大きい月がのぼってましてな。弦月のふちから強い光がにじみでておりました。カメラをもってこなかったことをくやみましたよ。そうだ、もし歩くことすら億劫になったら、ぼくが亀山くんにあげた古いライカがあるはずだから探してごらんなさい。カメラがあれば歩くのはすこし楽しくなるはずですから。お手紙にもありましたが、奥さまは現実感がないとおっしゃる。でもカメラはシャッターを押したら、そこに事物が写ります。目のまえにあった現実が、ちがったかたちの現実となってフィルムに焼きつけられるのです。べつのかたちに変化しながらも、けして嘘ではない現実……不思議な気持ちになります。写真は、なにかの役にたつかもしれません。亀山くんも生前、よく空を撮ってましたね……。お気をたしかに。春がきたら家内といっしょに墓参りをしに東京にまいりますので」

祖父は趣味でライカやハッセルブラッドといった古いカメラをいじった。いつも湿度計のついた黒い保管庫にぎっちりと機材がならんでいて、半世紀以上かけて集めたカメラとレンズは、あわせると百個近かったのではないか。先日、部屋を整理していたら祖父からもらったL判写真がいくつかでてきた。府立の植物園や北山通り、鴨川や宝ヶ池で撮ったなんてことない風景ばかりだ。歩道のうえに銀杏や欅の落葉が散らばり、通りすぎたバイクらしき灰色の影がかかった秋の大通り、枝にとまった川蟬、夕空に浮かぶ飛行機雲、二匹の青鷺、雪におおわれてギリシャの幻獣のようになった三頭の石の馬。ある一枚の写真の右下に、九一年二月十日と日付が記されている。かつて実際にあった現実。このスナップ写真のはらむ悲しみは、シャッターボタンを押すまえと押したあとの時間がもうどこにも残っておらず、そうやって過去や未来が失われた瞬間には、だれしも、撮影者さえも、一部に見覚えのない景色をとどめざるをえない、ということにあるのかもしれない。

「御曹司。御曹司の店は、がらくたでとっちらかってる私の部屋みたいね。いや……ごめんなさい。いっしょにしちゃったら失礼よね。もちろんここは、もっとずっとすてきなんだけどさ」

立派な祖父とその孫、という彼女のかってなイメージと、はじめておとずれた私の粗末な店に天と地ほどの開きがあったせいだろう、亀山さんの声のトーンにかくしきれない戸惑いがにじんでいた。

「亀山さんの家の物と、どれも値段がついちゃってる店の物じゃ、ぜんぜん意味がちがいますよ」

「そうかしら。私も部屋の物をぜんぶ売りたいわ。いつ死んだっておかしくないんだから。これ以上、物を買うのはやめてっていつも姪っ子にしかられてるの。もし私の部屋の物に値札がついてたら、売れるかしら？　たとえば御曹司の店で」といたずらっぽく目をのぞきこむ。私はてきとうにはぐらかしながら、そんな時代が目前まで来ていることをなぜかいえなかった。

　おそらく拡張現実の技術はあとすこしで、だれかの部屋であれ、どこかの街角であれ、目のまえにある物に端末をかざすかスマートグラス越しに視線を送りさえすれば、それがどういう物であるかを瞬時に説明し、インターネット上に漂う類似品の値段や購入方法をしめすようになるだろう。物に目をやることと買い物することがかぎりなく近づき、売り買いされない物がほとんど残っていない世界

——。われわれはそこへ、あと数歩でたどりつくはずだ。気づけばすでに私の店でも、棚にある商品を左手にスマートフォンを右手にもち、ショッピングサイトと価格を見くらべながら思案するお客のすがたは見慣れたものになっている。すべての物を雑貨としてとらえるような雑貨感覚が生まれたのも、この来たるべき高次の消費社会にむけた下準備なのかもしれない。自室と店の垣根も、雑貨と物のさかいめもなくなっていく平らな商空間、そこで私はなにを営むことができるだろうか。

「あら、私、これがほしいわ」と亀山さんは店のかたすみにあった『星の王子さま』のスノードームをふって粉雪を舞わせた。友人がフランス本国でしか手にはいらないという理由でふんぱつして輸入したのだが、裏に「メイド・イン・ヴェトナム」とあまりにでかく書かれていたせいか、ひとつも思った価格で売れなかった品である。「御曹司もお好きなのね。私も大好き。むずかしい本ばかり読んでる博士もすぐに好きになってくれたのよ。まあ、飛行機乗りだったんですもの、あたりまえよね」

きっとサン＝テグジュペリは、ふたりの空想が落ちあえる場所だったのだろう。遠い夏、夫婦でフランスを旅した際も、彼の生まれたリヨンや、勤務先だったアエロポスタル社の拠点があったトゥールーズをめぐったらしい。「ル・グラン・バルコン」というサン＝テグジュペリの常宿だったというホテルにまで泊まったの、と自慢げにいって、ふたたびドームをかたむけた。そして、ふたりが旅のついでにジヴェルニーという小さな村にあるモネの庭へも足をのばしたことを話してくれた。まっすぐの日差しがさしこむ、まさに万緑の小宇宙のなかで、モネの絵さながら池の水面に雲が流れていた。そのとき博士はぼそっと「雲のうえにも空があるのを知ってるかい？」といった。「ちょうどいま池に雲が映っているだろう。あたりまえだけど、あの雲は水の表面にとどまっていて、その下にほんとうの池がある。素潜りの選手でもないかぎり、ひとはそのなかに長くいられない。雲のうえもね、水のなかとおなじなんだ。ほんとうの空、というべきかどうかはわからないけど、それは美しい反面、とてつもなく寒くて空気も薄い。思考さえ、うまくはたらかなくなるから」

その日も博士は空のうえで訓練飛行をしていた。前日の晩、じぶんの乗った複葉機のエンジンがとつぜん止まり、ものの数秒であっというまに炎につつまれた機体を必死で操縦しながら、最後はスローモーションとなって敵艦にむかって落ちていく夢で目をさました。朝まで一睡もできなかった博士は、たなびく雨雲をぬけて、いつもの光り輝く透明な天蓋にでたあとも、ぼうぜんとしたまま飛びつづけた。「がたん、ってへんな振動があってさ、目をやると練習機の高度計が壊れていることに気づいたんだ。いま思い返しても不思議なんだけど、死んだように動かなくなった計器の針を見たとき、なにひとつ恐怖心というものが湧かなかった。きのうまでは、あれほど戦争におびえていたのにね。じぶんが、じぶんじゃなくなったみたいだった」。うしろに乗った教官にも、すぐには故障を伝えなかった。ここはひとがいるべき場所じゃないのかもしれない、というぼんやりした離人感につつまれたまま雲海を移動していく。「どこまでもおだやかで、静かに凪いでいて……この世のものじゃない気がしてたよ。ずいぶんまえ、そのことを酒井くんに話したら、すぐにわかってくれた。空のうえではいろんなことがあるから、ぶじ帰ってこれてよかった、って」。閉店まぎわの店で、亀山さんから長いむかし話を聞きながら、私の頭には晩年のジョージア・オキーフが描いたコミカルな雲上の絵が浮かんでは消えた。たくさんの睡蓮が咲く池のように、羊雲が敷きつめられた青い空。

このエピソードとどこまで関係あるのかわからないが、祖父のアドバイスを聞いた亀山さんは、まだこつこつとドイツ国内だけでつくられていたころのライカを博士の遺品から探しだし、マンションのそばを流れる神田川の水面を撮りつづけることとなる。それも尋常じゃないほどたくさん。一日、二十四枚撮りのフィルムをまるまる一本使い切ると夕方に駅前の現像屋にだして、また次の日も川べりの道を散策しながら二十四回シャッターを切る。それを一年以上つづけた。「あのときのあたし、頭がいかれちゃってたのよ。写真屋のおじさんも困ってたもの」。実際の写真をいくつか見せてもらったが、たしかに画角はずれ、ピントもはげしくぼけたそれには正気を失った老境というものが宿っていたけれど、この何百枚という川の写真が亀山さんを救ったのだと思った。一枚としてむだではなかった。散歩に伴走した、はた目からは意味のないような行為のくりかえしが、一番つらかった時間をやり過ごすのに役立ったのだ。いまでもときどき、彼女の写真を思い出す。それは私のいる雑貨化した世界とは無縁の場所にある。すべてをお金に変えてしまう資本の流れも、SNSのような数値化された人間関係のゲームもないところ。亀山さんと古いライカのあいだには、じぶんを救済するために、じぶんだけのやりかたで手にいれた、ひとと物との静かなつながりがあった。

十月もなかばをすぎ、とつぜん気温が下がったせいか、待ち合わせの吉祥寺駅は普段よりひとがまばらな気がした。十五分遅れで亀山さんが翁のループタイをしてひょっこりとあらわれる。昭和通りにあったシャポールージュという名の洋食店でランチを食べているときから口数は少なく、すこし体調が心配になった。曇ってて寒いですけど散歩でもしませんかといわれ、いつものように井の頭線の高井戸駅を降りて川沿いを黙々と歩いた。両岸からのびるアーチ状の枝が、赤や黄に染まった葉を困ったようにかかえながら頭上を覆っている。ベンチに腰かけるとき「もう、この川ともお別れね」とつぶやいて、スカーフのはしで目をぬぐうのが見えた。そして長い深呼吸をしたあと、持病の心疾患が悪化したので再来週から入院することになったと、声をつまらせながら教えてくれた。私のような年寄りのことなんて忘れて、御曹司は幸せに生きていってね、といいそえて。柵の白い棒と棒のあいだからのぞく川面には、ときどき思い出したかのように枯葉が落ちた。そのたびに水紋だけを残して、流れ去っていった。

初出一覧

毎朝	書下ろし
息を止めて	WEB「考える人」二〇一九年九月二日配信
ふたりの村上	WEB「考える人」二〇一九年八月六日配信
レディメイド、さえも	WEB「考える人」二〇一九年十月七日配信
印の無い印	WEB「考える人」二〇一九年七月一日配信
地図のないメニルモンタン	「図書」(岩波書店)二〇一九年三月号
鼠の国をめぐる断章	WEB「考える人」二〇一九年十一月五日配信
パン屋から遠くはなれて	WEB「考える人」二〇一九年十二月二日配信
釣りびとたち	書下ろし
聖なる箱	書下ろし
べつのポートランドで	WEB「考える人」二〇一九年六月三日配信
ホテルの滝	書下ろし
水と空	WEB「考える人」二〇二〇年一月六日配信

WEB「考える人」

雑貨《ざっか》の終《お》わり

発　行　二〇二〇年八月二十五日
二　刷　二〇二三年九月　十　日

著　者　三《み》品《しな》輝《てる》起《おき》
発行者　佐藤隆信
発行所　株式会社新潮社
〒一六二―八七一一　東京都新宿区矢来町七一
電話　編集部　〇三（三二六六）五四一一
　　　読者係　〇三（三二六六）五一一一
https://www.shinchosha.co.jp
印刷所　株式会社精興社
製本所　大口製本印刷株式会社

ISBN978-4-10-353511-9 C0095